新潮文庫

こいごころ

畠中　恵著

新潮社版

11971

目次

こいごころ

おくりもの

序

廻船問屋兼薬種問屋、長崎屋は、江戸は通町にある大店だ。その店の若だんな一太郎は、ある時贈り物について、一所懸命考える事になった。

贈り物の悩みは、取引先が、〃贈り物〃をしたいと、主に相談してきた事から始まった。長崎屋と付き合いのある商家、三野屋の当主が贈り物に迷い、父の藤兵衛に縋ったのだ。

すると藤兵衛も、大いに悩む事になった。

三野屋の事情を伝え聞いた若だんなも、真面目に考えてみたが、やはり何を贈るか迷い、首を傾げてしまう。それで若だんなは長崎屋の離れで、炬燵と長火鉢にひっついている妖達に、贈り物について問うてみる事にした。

長崎屋は先代の妻、おぎんが人ならぬ者だったから、妖と縁が深いのだ。

贈り物って、どういうものだと思う？

みんなは、何が欲しい？

どういうものを、あげたい？

良き贈り物とは、いかなるものか聞きたいと、若だんなは伝えたのだ。

すると鳴家、屛風のぞき、金次、場久、おしろに鈴彦姫は、自信一杯、それぞれ思うところを口にしてきた。

まずは、家を軋ませる小鬼、鳴家達が口を開いたが、その答えは、見事にばらばらであった。

「きゅい、贈り物、みかんちょうだい。一杯食べる」

「きゅべ、お饅頭欲しい。栄吉さんが作ったんじゃ、ないやつ」

「きゅんい、栄吉さんの辛あられ、食べたい」

「きゅわきゅわ、金平糖がいい」

集まった小鬼達が、どんどん欲しいものを並べていくと、横で屛風の付喪神、屛風のぞきが呆れた声を出す。

「小鬼は今食べたいものを、並べてるだけじゃないか。贈り物について話してるのに、役立たずだねえ」

ならば、この屏風のぞきが語ることにすると言ったのだが、ここで怒った鳴家達が噛みついた。よって付喪神は、贈り物の話をするより、鳴家と喧嘩をするのが先になる。

するとその間に貧乏神、金次が、にやりと恐い笑みを浮かべて話し出した。

「貧乏神が贈るものといやぁ、そりゃ貧乏だな。せっかく、やると言ってんのに、ありがたがる奴とも、欲しいって奴とも、会った事がないけどねえ」

金次が大きく頷くと、その貧乏を怖がりもせず、同じ一軒家で暮らしている猫又のおしろが、茶を注ぎつつ話し出す。

「あたしには欲しいもの、たっくさんあったんですよ。ええ、妖の身ですが、欲が深い方だと思ってます」

おしろは欲しい品の中でも特に、ふかふかの暖かい布団に憧れていたという。まだ、ただの猫であった頃、飼い主がふんわり柔らかい、大きな布団で寝ており、その隅っこで丸くなるのが好きだったからだ。

猫又になると、自分で布団干しが出来るから、更に欲しくなった。

「あたし、好きなだけ寝続けられる、自分の布団が欲しいと思ってました」

するとある日、願いはあっさり叶ってしまった。おしろ達は、長崎屋の傍らにある一軒家で暮らす事になり、祝いに守狐から布団を貰ったのだ。

「ふかふかで暖かくて。大事なお布団ですから、せっせとお日様に干してます。暖かい布団で寝るのは幸せです」

おしろは転居の時、更に、湯飲みや長火鉢や鉄瓶を貰い、笊や着替えまで買ったのだ。

「だからあたしは今、贈って欲しいものって、ないんですよ。あら、いつの間に、なくなったのかしら」

おしろが首を傾げ、若だんなが笑う。すると隣で、悪夢を食べる獏、場久も語り出した。

「あたしにも欲しいものがありましたが、そいつは物じゃありませんでした。ええ、寄席に、噺家として招かれたい。その立場が欲しいと、ずっと願ってたんです」

それは、誰かが気軽に贈ってくれるようなものではなかったから、手に入れるまで随分とかかった。そしてその夢が叶うと、場久は自分が食べた悪夢を怪談として語り、ぞくぞくするような話で客達を楽しませ続けている。

「ええ、それはあたしから、お客達への贈り物です。自分の夢が叶ったんです。だから、沢山のお客に楽しんで貰いたいですよ」

場久は贈り物が欲しいと願う側から、贈る側へと代わっていたのだ。すると、冬になって着ぶくれている若だんなの傍らで、屏風のぞきが首を捻った。

「皆は、立派に欲しいものがあるんだな。あたしは屏風だからかねえ。これが欲しいってものが、思い浮かばないや」

もちろん炬燵が出る季節になれば、長崎屋に巣くう仲間達と、一緒に潜り込みたい。

「でも炬燵は、若だんなが持ってるから、毎年潜り込んでるし」

みかんも食べたい。若だんなと碁を打っていたい。

「それも、離れにあるしなぁ」

今は奉公人のなりをして、薬種問屋長崎屋に出ているが、実はあれも結構楽しい。薬種問屋の奉公人達に、褒められるからだ。

「長年、仁吉さんが用意した薬を、若だんなに飲ませてきたからね。門前の小僧で、あたしは結構薬草の事、心得てたんだよね」

毎日ではないのが少し悲しいが、離れの宴会も大好きだ。そして皆と食べれば、若だんなの食がすすむから、宴会は度々開かれている。

「他に欲しいもの、思いつかないよなぁ。あたしって、欲が無いのかね」

付喪神が大真面目に言ったので、甘酒入りの鍋を離れに運んできた佐助が、苦笑を浮かべた。そして横を通り過ぎるとき、屏風のぞきの頭をちょいとはたいていく。

「えっ？　何ではたくんだよぉ。あたしが何か妙な事、言ったっけ？」

「炬燵にみかんに碁、奉公まで楽しんでいるんだろ。なら十分なほど欲があると思うがね」

「そうかい？　おかしいねえ」

「若だんな、温かい甘酒を用意しました。沢山飲んでくださいね」

「あ、あたしも飲む。けどさ、甘酒は、贈り物には向かないよな」

振り売りから気軽に買えるし、家でも作れる。貰っても、特別なものという気がしないからだ。

この言葉には、若だんなも頷く。

「確かに贈り物って、特別なものが多いね。でも甘酒、あったかくて好きだ」

佐助は、その言葉を聞いて笑うと、一番良き贈り物とは、もらい手が欲しがっているものだろうと、優しく口にした。

「当たり前のように聞こえる事ですが、これが結構難しい話なのです」

人は本心を、世間体とか常識とか、自分の望み以外のもので、包み隠してしまうことがあるからだ。当人すら、己（おのれ）の望みに気がついていない事も多い。

「だから、真に喜ばれる贈り物をすることは、難しいんですよ」

若だんなは頷くと、少し首を傾げた。

「そういえば、私が本当に欲しいものって、何なのかな」

すると、まだ贈り物のことを話していなかった鈴彦姫が、口を開いた。

「あたしは……明日も、明後日も、鈴彦姫でいたいです。若だんなと一緒にいられるし」

大嵐が江戸を襲って、鈴彦姫が奉納されている神社が軋むと、ことにそう思うという。神社が倒れ、本体の鈴が壊れてしまったら、鈴彦姫は、付喪神ではいられなくなるのだ。

「けど、そういう望みを叶えて欲しいと言っても、無理ですよね。そんな贈り物は、誰にも出来ないんだわ」

心の底からの満足を生む贈り物は、本当に難しい。

物ではないかもしれない。

金で購う事は、出来ない望みなのかもしれない。

そもそも無理な願いかもしれないと、若だんなは口にした。

「そうだ、私は寝込まずに済むくらい、調子よく毎日を過ごしたいな。けど、そんな毎日を、贈り物として欲しいと言ったら、驚かれちゃうよね」

「きゅんわ？」

だが、いかに難しくとも、日々の中で贈り物を届けることは、あるはずであった。

「贈り物として、どういうものを選んだらいいのかしら」

沢山考えたのに、結局最初の悩みに戻ってしまった。

「三野屋さんの求める贈り物、無事、見つける事が出来るのかな」

膝に乗ってきた鳴家三匹を撫でると、若だんなは心配げに眉尻を下げた。

1

京橋に近い長崎屋に、商い相手の三野屋がまた顔を出したのは、八つ時の事であった。そして三野屋が帰った後、藤兵衛が廻船問屋奥の部屋で、考え込んでいると伝わってきた。

「おとっつぁんが悩むなんて、贈り物、見つからなかったのかしら」

若だんなは気になって、仁吉に綿入れを二枚重ねて着せられたまま、藤兵衛の部屋へ顔を出す。珍しくも息子が、廻船問屋の方へきたのを見て、藤兵衛は笑い、お八つに最中を出してくれた。

「三野屋さんの手土産だよ。贔屓のお店で買って下さったとのことだ」

好きなだけお食べと言われて、若だんなは有り難く一つ手に取った。袖内にいた鳴家が騒いだので、素早く半分ちぎって渡してから、藤兵衛の顔を見たところ、父親はふっと、溜息を漏らしてくる。

「私が眉間に皺を寄せてるんで、様子を見に来たのかい。うん、そうだね。実は三野屋さんからの相談事が、まだ片づかないんだ。今も悩んでいるんだよ」

一太郎も、その悩みを考えてみるかと言われ、若だんなは何度も頷いた。

少し前まで、若だんなは長い養生に出ていたので、ようよう長崎屋へ帰った時、両親はいつにも増して心配してきた。若だんなは離れで大人しくしているように言われ、ずっと表に出ていなかったのだ。

分厚い綿入れを、二枚重ねて着せられているのも、兄や達が心配を、いつもより募らせている為だ。だから藤兵衛が、久々に仕事絡みの話を向けてくれた事が、それは嬉しかった。

「三野屋さんは料理屋でね。部屋を飾る品々や、西の薬などを、廻船問屋でよく買って下さるんだ」

その三野屋が長崎屋へ来て、とある先へ、贈り物をしたいと語った。だが、何を贈ればいいのか分からないと言い、藤兵衛へ助言を求めたのだ。

料理屋を商っていれば、三野屋が客へ、進物の助言をすることもある筈だ。その主から滅多にない相談ごとを聞き、驚いたという。藤兵衛は若だんなへ、三野屋が抱えた事情を語った。

「今、麻疹が流行っているだろう？　一太郎はもう麻疹が済んでいて、ありがたいよ。長崎屋の皆は、大方済んでる。あの病は、移りやすいからね」

しかも麻疹で亡くなる者は多い。罹ってしまえば余り打つ手はなく、まじないや、養生の仕方が描かれた浮世絵、〝はしか絵〟に頼るしかなくなる、恐い病であった。

「運が良ければ、軽く済む人もいるんだけど」

三野屋でも、先に二人の子供が病を拾い、親は、それはそれは心配したという。だが運の良い事に、どちらの子も早めに回復した。熱が下がると、大人しく寝かせておく事が、難しい程だったらしい。

「それは、良かったです」

若だんなはそう言ったが、藤兵衛は何故だか、茶を手に両の眉尻を下げた。

「本当なら、そうなんだけど。でも、上の庄一郎坊が、まだ発疹があるのに表へ出てしまったんで、騒ぎになった」

庄一郎は、瀬戸物問屋伊和屋の息子、竜一、梅吉と仲が良かった。一緒に遊びたくて、伊和屋へ行ってしまったのだ。

「あの、伊和屋さんのお子さんは、大丈夫だったんですか？」

藤兵衛が、首を横に振る。

「伊和屋さんが慌てて、庄一郎坊を三野屋へ送り届けてきたそうだ。けれど何日か経つと、伊和屋の息子二人も麻疹になってしまった」

しかも、事はそれだけでは終わらなかった。伊和屋では、おかみが亡くなっていたので、子供達の世話は主の妹、お沙江がしていたのだ。

麻疹に罹ったことが無かったようで、病はお沙江にも移ってしまった。

「子供達はじきに治ったけど、お沙江さんは、かなり重くなってしまった。三野屋さんは、頭を抱えたんだそうだ」

幸いお沙江も、何とか治った。だが床に伏す日が長く続き、子供らの世話を任せる親戚を呼ぶなど、伊和屋は大変だったのだ。

「三野屋さんは、竜一坊達に麻疹が移ったと聞いた時、上菓子を持って、直ぐに謝りに行ってる。伊和屋さんとて、病は移るものだからと、騒いではいないんだ」

料理屋の三野屋は、瀬戸物屋の伊和屋から、器などを多く買っている。商い相手だから、互いに揉め事にはしたくなかろうと藤兵衛は口にした。

ただ。

「お沙江さんは、一時心配する程の容体だったし、親戚にも迷惑を掛けた。だから三野屋さんとしては伊和屋さんへ、もう一回、詫びの品を贈りたいと言うんだ」

三野屋の気持ちは分かる。きちんと、頭を下げておきたいのだ。しかし。

「難しいよねえ。何を贈ればいいのやら」

商いで迷惑を掛けたのなら、いっそ金子を渡すというやり方もある。だが子供が掛けた迷惑で、それは上手い手ではなかろうと、藤兵衛は言うのだ。

若だんなも頷いた。

「三野屋さんと伊和屋さん、これからも付き合っていくんですよね。なら、大げさにしては拙いかと」

三野屋は、甘味だけで済ませたくなかったようであれこれ考え、迷ってしまい、藤兵衛に相談したのだ。長崎屋に置いてあるなら買うので、これというものを、示して欲しいと言っていたという。

「こんな物はどうかと、二、三、あげてみたんだが。三野屋さん、どうもしっくり来なかったようでね」

　三野屋は既に二度、長崎屋を訪れている。藤兵衛はいい加減、これはという贈り物を、示したいと思っているのだ。

「それでおとっつぁん、溜息をついてたんですね」

　難しい事になったと、若だんなも綿入れに通した腕を組んだ。何か案があるかと父親から問われたが、名案など思い付かない。

「並の品でしたら、一つ二つ浮かびます。でも食べ物ですし、三野屋さんは喜ばないと思います」

「おや、どういう品が思い浮かんだのかな」

　藤兵衛が跡取り息子へ、言ってみなさいと優しく言う。若だんなは外れだと承知で、二つ名をあげた。

「一つは上物の砂糖です。病の後だという事ですし、見舞いの品を求めに来たお客さんに、薬種問屋長崎屋が勧める事の多い品です」

　藤兵衛は笑みを浮かべると、自分も三野屋へ真っ先に、砂糖を勧めてみたと話した。

　砂糖は古くから、薬として扱われてきた品で、江戸の今も薬種屋が扱っている。その上、船を持つ長崎屋には、日の本中から上等な砂糖が運ばれてきていた。

「でも三野屋さんは、砂糖と上菓子は、同じように甘い品だからと、頷かなかったんだ」

「なら二つ目の品も、駄目みたいです。おとっつぁん、私は蜂蜜など、どうかなと思ったんですが」

日の本で名が通っているのは、熊野の蜜だ。だが最近はもっと江戸に近い、上総国の隣、房州安房国でも良い蜜が取れている。

「それなら珍しいですし、勧められると思ったんですが」

しかし甘い物だから、三野屋は蜜も、贈り物には選びそうもない。若だんなは藤兵衛の眉間に、皺が寄った訳を察した。

「となると、食べ物を見舞いの品にするのは、難しいかも知れませんねぇ」

もちろん、日持ちのする干物などにも、美味しいものはある。だが。

「砂糖などより一段、軽い品に見えます」

三野屋は上菓子以上の、立派な詫びの品を求めているのだ。藤兵衛が天井を向いた。

「私はいっそ、反物ではどうかと思ったんだがねえ」

反物なら様々な品があるから、三野屋が納得する値のものを選べる。ただ、反物にも困ったところがあった。

「今回、一番迷惑をかけたのは、お沙江さんだ。だが子供達も病になった」

　そして子供が病になり、妹も伏せったので、色々迷惑を背負ったのは伊和屋の主であった。つまり誰に向けた反物を買うか、という話になってしまうのだ。

「三通りの反物を買うとなると、かなりの値がして、大仰になる。だからといって安物を買ったんじゃ、贈り物にならないしね」

　染めに出す前の、白絹を贈るという手もあるが、伊和屋ではおかみが亡くなっている。お沙江は伏せっており、諸事忙しい中、これから染めに出すとなると、余計な手間を増やしてしまいそうであった。

「おとっつぁん、贈り物って、これはという品を見つけるのが、何とも難しいものなんですね」

「今回は、いつもより一層、大変な気がするよ」

　若だんなは、直ぐには考えつかないと正直に言い、一旦(いったん)引く事にした。

(離れに戻ったら、妖達にもう一度聞いてみよう。今日は妙案が、出てくるかもしれないし)

「きゅんい？」

　何か思い付いたら教えておくれと、藤兵衛が優しく言ってくる。若だんなは張り切って、何とか案を出そうと心に決め、二枚の綿入れを背負って、ゆっくりと立ち上がった。

2

若だんなが離れに戻ると、いつものように妖達が集ってくる。それでまた、贈り物について問うてみた。

小鬼や妖達は今日もそれぞれ、自分の考えを口にしてくる。

「柿」

「おにぎり」

「若だんな、今日の夕餉は鍋がいいです」

「新作のお芝居に連れてって下さい」

すると希望の山を聞いて、若だんなは不意に得心した。

「そうか、貰う相手が今、手に入れるのが本当に難しいと思うものこそ、心の底からの満足を生むんだね」

この答えには、薬湯と共に離れへ顔を見せてきた仁吉も、深く頷いた。

「確かに。すると欲しい贈り物は、毎日違いそうです。おまけに、物ではないかもしれませんね」

金で購う事など出来ず、そもそも人へ贈ることが無理なものというのが、真実かもしれない。

「ありゃ、どうしたらいいんだろう？」

長火鉢の猫板に、今日も置かれた薬湯を見つつ、若だんなは呆然としてしまった。

すると、人とは違う妖達が、この悩みを何とかしてくれた。屏風のぞきは、あっさり言い切った。

「若だんな、貰える筈のない贈り物を期待する奴なんか、いやしないさ。手に入るもののうち、一番良いものをあげりゃいい」

「あ……それはそうか」

ほっとした途端、仁吉が薬湯を勧めてくる。答えが出た祝いに、干すよう言われたので、若だんなは仕方なく、ぐいっと飲んでみた。すると側に居た小鬼達が、匂いまで苦いと鳴き声を上げた。

「けほっ、なら、その手に入るもののうち、一番良い贈り物は、どうやったら見つかるんだろ。三野屋さんが贈り物を届けたい相手って、伊和屋さんと言ったけど、話した事もないしなぁ」

本心など分からないと、若だんなが困る。すると傍らに来ていた金次が、大いに頷いた。

「若だんな、ならば相手の事と、そいつが欲しいものを調べるしかないさ。そして若だんなは、一人で遠出をしたら叱られるだろ？　うんうん、だからこの金次が、一緒に出かけて調べるよ」

貧乏神がそう言った途端、仁吉が口の端を引き上げる。

「金次、今日はやけに熱心じゃないか。廻船問屋の仕事も忙しいっていうのに、外に出たいようだな」

「えっ？　その、妙な申し出だったかい？　あたしと屛風のぞきは、若だんなと一緒にいる為に、奉公人になったと思うがね」

「本当に、それだけなのかい？」

屛風のぞきが、首を傾げつつ金次を見つめると、貧乏神はにやりと笑う。そして表に出れば嬉しい事もあると、明るく言ってきた。

「最近、長崎屋にばかりいるんで、新しく出会った金持ちがいないんだな」

貧乏神としては、何としても貧乏にしてやりたいと胸が高鳴る、大物の相手を見つけたいのだそうだ。

「だから、そろそろ出歩きたいのさ。あん？　悪い金持ちを探すのは、若だんなの用じゃないって？　出かけた時、たまたま貧乏にしたい相手と出会いたいって、言ってるだけじゃないか」

とにかく、伊和屋の事を調べに出かけるのなら、自分も行くと金次は言い切った。

「きゅい、出かけるの？」

すると鳴家が若だんなの袖へ入り、おしろも行く気なのか、離れに置いてある巾着を手にする。場久は不運にも、この後、寄席があるので行けなかった。鈴彦姫が、表に出られるような町娘の姿に化けたところで、仁吉が、今日は自分も同道すると言い出した。

「最近の若だんなは、ちょいと目を離すと、赤子になったりしますから。一人で表へ行かせるのは、剣呑です」

「仁吉、一人じゃないよ。妖達も行くんだから」

ここ暫く、兄やが一緒に行くと、直ぐに帰るよう言い出すので、若だんなは口を尖らせる。だがこういうとき、仁吉は強かった。

「訪ねる先、伊和屋さんの店がどこにあるか、分かってるんですか？」

「それは……仁吉、よろしくお願いします」

「昨日、大分雨が降りましたから、道がぬかるんでます。伊和屋は神田にあるので、舟で出かけましょう」

ところが皆で腰を上げた時、一人屏風のぞきは、留守番をするよう言われてしまった。

「この仁吉が出るんだから、店で手が足りなくなると困る。屏風のぞきは薬種問屋にいなさい」

「わぁっ、居残りは嫌だよっ。店には番頭さんも小僧さんも、いるじゃないか」

付喪神は文句を言ったが、言い合いをする相手が仁吉では、勝ち目はなかった。井戸に吊すぞと脅され、あっという間に店表へやられてしまう。若だんなは、項垂れつつ母屋へ向かうその背へ、声を向けた。

「ごめんよ、屏風のぞき。何か買って帰るからね」

「きょべ、お団子欲しい。鳴家がみな食べる」

長崎屋の皆は、廻船問屋脇の堀川から、北へと向かった。

瀬戸物問屋伊和屋の店は、日本橋寄りの神田にあった。

伊和屋は大きい店構えではなかったが、道の角にあり、場所は良い。土間から表にかけて、様々な瀬戸物が置いてあるのが見え、小僧や手代もいたから、店が何人か奉公人を抱えているのが分かる。

道の向かい側には堀川があり、舟で運んできた瀬戸物を、船着き場から荷揚げして、伊和屋の脇に運んでいた。

その堀端で舟から上がると、神田辺りの道もぬかるんでいた。長崎屋で働くようになり、商いに詳しくなってきた金次が、伊和屋へ目を向け、中くらいの店だなと断じた。

「夫婦二人でやってるような、表長屋の店よりは大きいな。けど大店と呼ぶ程、立派じゃないってところだ」

おしろと鈴彦姫が、顔を見合わせた。

「金持ちか貧乏かはっきりしてた方が、贈り物を考えやすいんですが、中途半端ですね。さてこの後、どうしましょう」

伊和屋へ顔を出し、それとなく相手の意向を伺ってみるべきか。

「でも長崎屋とは、付き合いの無い店ですよね。お客として、店へ行ってみますか？」

近所で伊和屋の事を、聞いてみるという手もある。若だんな達は道の泥に気を付けつつ、とにかく伊和屋へと向かってみた。

すると、まだ店へ入りもしないうちに、とんでもない事が起きた。

伊和屋の店奥から、五つ、六つくらいの子が駆け出てくると、表の道へ飛び出したのだ。それを、小太りのおなごが追ってきたが、ぬかるんだ道を前に足を止め、恐い声を出した。

「竜一坊、麻疹の熱が、下がったばかりでしょう？　まだ、大人しくしてなきゃ駄目です。戻りなさいっ」

だが子供は素直に言う事を聞かず、店脇に回り込むと、荷の陰へ隠れる。おなごは、子を追いつつ怒鳴った。

「坊が病を移したお沙江さんは、まだ調子が悪いんだよ。もう六つなのに、何で少しの間、大人しく店の奥にいられないんだろう」

おなごは竜一の着物を摑(つか)もうとしたが、幼い子はすばしこい上、うずたかく積まれた瀬戸物が邪魔で、逃げられてしまう。追いつ追われつが楽しいようで、子供はなかなか捕まらなかった。おなごは眉間に皺を刻み、また恐い声を出した。

「隠れ鬼をしてる時じゃ、ないんですよ。あたしゃ身内だから、竜一坊と梅吉坊の世話を引き受けてるのにっ」

長崎屋の皆が、店脇でその様子を見ていると、ここでおなごが強引に、竜一の着物を摑んで引いた。竜一はまだ遊びたいようで、積まれた瀬戸物を縛っている荒縄を、必死に握り締めしがみつく。

するとだ。背の高い瀬戸物の山が、下から一気に揺らいだのだ。荒縄で縛り、積み上げてあったのはすり鉢に見えたが、揺れに驚いたのか、竜一が、その山の下の方を蹴ったものだから、たまらない。

「えっ？　瀬戸物の山が、こっちへ向かってないかい？」

店横に居た、若だんなの顔が引きつる。一寸の後、仁吉は若だんなを抱え、その場から飛ぶように去っていた。

しかし長崎屋の妖達には、影を見つけて逃れる間すらなかったのだ。頭の上から降ってくるすり鉢を見ると、長崎屋の皆は、必死にぬかるんでいる道の方へと飛び逃げた。

「ひゃあっ」

大音と共に道へ転がった妖達は、見事に泥まみれとなる。運良くすり鉢を喰らいはしなかったが、金次が泥の上で身を起こすと、周りに冷たい風が流れた。
若だんなは声を上げ、慌てて妖達の所へ行こうとしたが、一緒に泥まみれになって
どうすると、仁吉に止められる。辺りにいた大勢の目が、伊和屋前の道に集まった。

3

道へ、人とすり鉢が転がった事に魂消（たまげ）、子守のおなごが、伊和屋の内へ駆け込んでゆく。直ぐに三十くらいの男と、奉公人達が店から出てきて、泥まみれの三人と若だんな達を、店横手の井戸端へと連れて行った。汲（く）まれた水を頭から被（かぶ）ると、冷たかったようで、泥人形の三人から悲鳴が上がる。それでも、泥まみれでは湯屋へも行けないから、三人は大人しく水を、浴び続けるしかなかった。

一方若だんなと仁吉は、伊和屋から頭を下げられ、土間脇の板間で休んでくれと言われて、円座（えんざ）を出された。

「うちの竜一が、とんだことをしてしまいました。本当に、何とお詫びを申し上げたら良いのか。済みません」

竜一は土間へ、親戚のおなごに引っ張って来られ、親から頭を押さえられて謝った。小言をきつく言われたせいか、まるで自分の方が、何か怖い事でもされたみたいな、半泣きの顔になっている。

そこへ、奥から細身のおなごが現れると、竜一は親の手から跳び逃げ、おなごへしがみついた。

(おや、叔母御と呼んでるよ。麻疹で死にかけていたと聞いた、お沙江さんだね)

若だんなが見たところ、お沙江は二十歳代半ばのように思える。つまり江戸では、失礼にも年増と言われてしまう年頃であった。

だが優しそうな面で、竜一はお沙江の着物を離さない。

伊和屋が溜息と共に妹へ、竜一の仕出かした事を告げると、慌てた顔で、お沙江も頭を下げてきた。

「私や兄の着物でよろしければ、今、出してきますので、まずは着替えて頂けたらと思います。お連れさん方、そのままでは風邪を引いてしまいますわ」

奥から盥を持ってきた女中と、先程の親戚のおなごで、濡れた着物は洗っておくという。泥を早く落としておかないと、着物に臭いが残りそうなのだ。

お沙江も一緒に洗うと言ったが、休んでいろと伊和屋から言われていたから、病の後、まだ本調子でないに違いない。

お沙江は奥へ引っ込む前に、縋って離れない竜一と二人、もう一度深く謝っていった。おしろと鈴彦姫は着替を借りた後、自分達の着物や帯だからと、井戸端で奉公人らと洗い始める。

(あ、二人はきっと伊和屋さん達のこと、色々聞くつもりなんだね)

特に、おしろ達へ迷惑を掛けた竜一や、叔母御のお沙江について、話が弾むに違いない。妖達が、風邪を引きそうな様子も無く元気なので、若だんなはほっとしたが、金次は着替えてもずっと不機嫌であった。

(うわぁ、貧乏神が、辺りを冷やしてるよ。この先、どうなることやら)

若だんなは後で、金次の好きな甘味も買おうと決めた。そして自分も、伊和屋の考えを聞こうと、店の主へと目を向ける。

ところが。この時瀬戸物屋へ、若い男が現れたので、若だんなと仁吉は、伊和屋と話が出来なかった。現れた男は真っ直ぐ、板間にいた伊和屋の前に行き、正面から向き合った。

何故だか剣呑な気配がしてきて、仁吉がすっと若だんなを、背に庇う。だが伊和屋は存外平気な顔で、若い男に、そっけない調子の声を掛けた。

「おや、湯沢屋の、数吉さんじゃありませんか。うちへおいでとは珍しいことで」

「もう顔を見せるなと言われてましたんで、遠慮してたんですよ」

だが数吉は先程、伊和屋で騒ぎが起きたという噂を拾ったのだ。伊和屋で荷の瀬戸物が崩れ、何人かが巻き込まれたというので、その話が一気に広まったらしい。

「妹のお沙江さんが、また困っているかもしれない。そう思ったんで、確かめにきたんですよ」

金次がここで、困るとはどういうことかと確かめる。すると数吉は、自分は伊和屋に振り回された事があると、周りに聞こえるような声で語り始めた。

「伊和屋さんは、酷い男なんですよ。以前、おかみが病で亡くなった時、幼い子供らの世話を妹へ頼んだ。急な話だったから、その時は仕方ないとも思ったが」

だがその後、数吉がお沙江を嫁に欲しいと言った時、子供らを、叔母から引き離すのは可哀想だ、他に子供らを頼める人もいないからと、伊和屋は承知しなかったのだ。

「酷いでしょう？　それじゃお沙江さんは、子供達が大きくなるまで嫁に行けません。行き遅れになっちまうじゃないですか」

おまけに先日、お沙江が麻疹に罹ると、もっと情けのない話が伝わってきた。

「病のお沙江さんが、二人の子の世話を出来なくなった途端、伊和屋さん、後妻をも

ら う事にしたって聞いてます」

数吉の顔つきが、怖くなった。

「それで、このおれが、お沙江さんを守ってあげないと、と思ったんですよ」

子供二人を押っつけられたお沙江は、二十歳を超えて随分経つのに、今も一人のままなのだ。

「なのに伊和屋へ嫁が来たら、店内に、お沙江さんの居場所が無くなっちまいます」

どういうつもりだと、数吉は言ったのだ。

「おや、このお人、お沙江さんと縁があった人なのか」

若だんなは金次と、見合う事になった。仁吉は、興味のなさそうな顔で、若だんなの為に目を配っているが、小鬼達は騒ぎ出した。

「きょんいー、ひどいーっ」

だが伊和屋はふんと鼻を鳴らすと、確かに縁談は来ていたが、伊和屋が頼んだ訳ではないと言い切った。

「お沙江が流行病(はやりやまい)になったんで、うちの親戚が、子供達のことを心配したんだよ。勝手に仲人(なこうど)へ、縁を探してくれと頼んじまった」

だが、仲人が伊和屋へ顔を出したとき、まだお沙江は寝付いていた。見てくれる人が居なかったからか、子供らが大いに騒いだ。

するとあっという間に、仲人が話を断ってきたのだ。伊和屋は、縁談は終わった話だと言うと、ぎろりと数吉を睨む。

「お前さん、随分とお沙江のことを、気に掛けて下さってるようだ。だがね」

伊和屋が、妹を嫁に出さないと言った後、数吉はあっさり別の相手を嫁にしている。だから伊和屋は、婚礼の祝いを届け、もうお沙江の事は気に掛けるな、嫁と仲良くしていろと、数吉へ言葉を掛けたのだ。

「おめえさん達夫婦に、まだ子は生まれねえようだ。以前関わった女の心配をするより、おかみさんを大切にしな」

男はつい、今まで関わった女は、自分が守らねばと考えることがある。だが傍から見れば、それは要らぬお世話なのだ。伊和屋の言葉に、数吉が顔を赤くした。

「もちろん、うちのは大事にしてるさ。伊和屋さんが口を挟むこっちゃねえや。それより伊和屋さん、何か言われたくなきゃ、噂になるような事を起こすのは、止めなよ」

余り目立つと、疫病神や貧乏神に取っつかれると数吉が言い、二人は怖い顔で睨み合う。すると若だんな達の横に、当の貧乏神が来て、真剣に悩み始めた。

「こりゃ、面白い奴らに出会ったもんだ。男としちゃ、どっちも情けないねえ。まだ六つの竜一坊と、変わりゃしない。両方とも、お沙江って娘に甘えてる感じだ」

そういう男どもであれば、貧乏神に取っつかれても仕方が無いと、金次は勝手に納得している。

「しかし二人共、歯ごたえが無さそうな小物で、ちょいとつまらないか。あたしが祟ったら直ぐに貧乏になって、店を潰してしまいそうだ」

もっと腹黒い、煮ても焼いても食えない性分をした、ろくでなしの大金持ちに祟りたいと、金次は伊和屋の土間で、勝手を言い出した。流行病や貧乏神とも、戦えるくらいの男がいいという。

「誰かあたしに、そんな相手を紹介してくれないかねえ」

金次の欲しいものは、誠にはっきりとしているのだ。

「伊和屋も数吉も貧乏神に忖度して、もうちっと悪に走ってくれてたら良かったのに」

若だんなが、目をしばたたかせた。

「あのぉ、金次。今日神田まで来たのは、伊和屋さんがどんな贈り物を喜ぶのか、調べる為なんだけど」

三野屋が贈るべき品が分からないと、長崎屋の主、藤兵衛が困るのだ。金次は、そうだったっけと首をすくめた。

「でもさ、若だんな。ものを贈るより、祟る方が面白いぞ」

仁吉が笑い出し、このままでは何を贈ったらいいのか、さっぱり分かりませんねと口にした。

「ならば、ここで伊和屋さんに、正面から問うのはどうでしょう。三野屋さんは、御子が麻疹を移してしまった件で、伊和屋さんへ、詫びの品を贈りたいと思っている。受け取って貰えれば、三野屋はほっとする。そう伝えるんです」

そして伊和屋自身に、届いたらありがたい品を、幾つか挙げて貰うのだ。

「伊和屋さんは病は移るものだからと騒ぎにはしていません。やたらと高い品をくれとは、言わないでしょう」

若だんなは何度も頷いた。

「ああ、さすがは仁吉だ。その解決方法はいいね」

先々、似たような事で悩むことがあったとき、このやり方を思い出したいと、若だんなはつぶやく。その言葉に、仁吉は深く頷いた。

「若だんな、大きな店の主になる者は、人を使うすべを、覚えなくてはなりません。

特に若だんなは、自分で動き回っては駄目です。寝込んでしまいますからね」

その為には、ちゃんと人を見極め、出来る力のある者に任せられるよう、人を見る目を養わねばならない。

「少しずつ、見極め方を覚えていきましょう。なに、私と佐助がお助けします。二、三百年もあれば、きっちり覚えられますから」

「嬉しい言葉だね。けど覚える前に、墓へ入りそうな気もするよ」

「きゅんべ？　若だんな、何で？」

とにかく若だんなはここで、先々良き大店主となるため、伊和屋と話すことにした。言い合いが止まらないので、とにかく声を掛けてみると、伊和屋が若だんなを見てくる。

三野屋が詫びの品を贈りたい旨、伝えたところ、何と伊和屋は、あっさり頷いてくれたのだ。

さて何を望むのかと、妖達が見つめてくる。

（ああ、やっと分かる。なにが欲しいって言うのかな）

若だんなも、待ち構えた。

ところがだ。このとき伊和屋と数吉が、急に顔を、若だんな達の後ろへ向け、返答は宙に浮いてしまった。思わず振り返ると、伊和屋の土間に、背の高い男が現れていた。

最初、伊和屋の客かと思ったが、わざわざ土間へ来ているし、どうも様子が違う。男は、若だんなの脇を通り過ぎると、伊和屋へ近づき、低く野太い声で怒りの言葉を口にした。

「伊和屋さん、あんた私や娘に、嘘を言ったね。腹が収まらないから、一度、文句を言おうかと、迷ってたんだよ」

すると今日、伊和屋の騒動を、耳にする事になった。やはり伊和屋は、騒ぎになる店なのかと腹が立ち、男はやってきたと告げたのだ。

伊和屋は男の言葉に、ただ驚いているように見えた。

「あの……どちら様でしょうか」

途端、背の高い男は眉を引き上げる。

「私の顔も分からないのか。私は、伊和屋さんの縁談相手だったお紋の父、田津屋です」

田津屋は仁王と似た顔つきで、伊和屋を見ている。

(伊和屋さんの、上手くいかなかった縁談相手の親御さん？　嘘をつかれたと言った

けど、何の話なのかしら)
縁談は、仲人が早々に、終わらせたのではなかったのか。若だんなはただ驚き、金次は笑うような顔になっている。
(伊和屋さん、贈り物についての返事を、忘れちまってるよ)
伊和屋の内は、これから更に揉める気がして、若だんなは口を引き結んだ。

4

伊和屋からの帰り、若だんなは屏風のぞきの為に、白と茶の饅頭を買った。金次の好きな羊羹も、太いものを選んだ。小鬼が食べたがっている団子は、とにかく沢山、購った。

若だんなは、妖達と舟に乗って戻ると、まずは廻船問屋の方へ顔を出し、藤兵衛へ、伊和屋でのことを話した。それから離れへ戻ると、妖の皆へも、今日の事を語ったのだ。

ただ、今日の若だんなは、騒動について話し出す前に、にこりと笑った。

「私ったら、今回は寝込まないよね。ちゃんと働けてる気がする」

もしかして、先に一度育ち直したので、前より丈夫になったのかも知れない。若だんなが期待するように言うと、小鬼が三匹首を傾げ、屏風のぞきが顔を顰めた。

「若だんな、無理するなよ。今回は大丈夫だって言われると、却って心配だ」

長崎屋に残っていた屏風のぞきは、何か、もの寂しかったようで、夕餉は皆と、鍋を食べると決めていた。離れに置いてある金を使い、豆腐を山ほど買って待っていたのだ。

「湯豆腐なら、あたしにも用意出来るからさ。それと、網の上で焼いて、醬油で食べりゃいいから、揚げも用意してある。後、煮売り屋から芋の煮転ばしを、沢山買っといた」

酒と飯は、佐助が台所にあったものを分けてくれたから、屏風のぞきが一人で整えた夕餉は、それなりに格好が付いている。若だんなは大いにその食事を褒め、鍋の横に、土産の甘いものを添えた。皆は離れで、火鉢を囲んで食べつつ、あれこれ語り出したのだ。

まずはおしろが居残りの妖へ、瀬戸物問屋での事を話し出した。

「屏風のぞきさん、今日は伊和屋へ行かなくて、良かったですよ。伊和屋さんは、子供のしつけがなってません。跡取りの竜一って子が、大事な商売物の鉢で遊び、道へ倒してしまいました。そのせいであたし達、伊和屋前のぬかるみで転んじまったんですよ」

泥だらけになったあげく、妖三人は泥を落とす為、頭から井戸水を被ったのだ。

「それで出て行った時と、着物が替わってるんです」

「ひえええっ、濡れたら紙が破れちまう」

本体が紙で出来ている付喪神、屛風のぞきは、顔を引きつらせる。するとそこへ、遅くなったと言い、寄席(よせ)から場久も帰ってきて、泥の話に顔を顰めた。

次に鈴彦姫が、伊和屋での大事を語った。

「場久さん、若だんなは、三野屋さんがどんな贈り物を贈ったらいいか、伊和屋へ直(じか)に聞いたんです。ところがそれでも、返事は直ぐに聞けなくて」

何故なら、竜一の引き起こした大騒ぎのせいで、噂が町を巡っていた。そして、思わぬ面々を店へ呼び込んだのだ。

「まずはお沙江さんの元縁談相手、数吉さんという男が現れました」

で、数吉と伊和屋は、店の土間で、互いの情けない行いを責め合った。だがそのおかげで、お沙江が今も一人でいる訳や、数吉がお沙江を好いていた事が、長崎屋の皆にも分かったのだ。

しかし鈴彦姫はここで、渋い顔になる。

「竜一坊、叔母のお沙江さんに甘えてましたけど、お兄さんの伊和屋さんも、妹にかなり甘えてますよね。おかみさんじゃないのに、自分の子を二人も預けて、何年もそのまんまです。あれじゃ妹さんが可哀想です」

元縁談相手の数吉とて、男としては頼りにならないと、おしろも渋い顔だ。

「お兄さんの子の世話を引き受けたんで、お沙江さん、縁遠いままなんでしょう」

そうなると分かっていたのに、数吉は好いたおなごを、簡単に諦めてしまったのだ。

伊和屋と数吉は互いを責めていたが、やった事は似たり寄ったりであった。

「伊和屋さんだけど、奥さんが亡くなった後、何でお沙江さんを嫁に出して、代わりに乳母を雇わなかったのかしら」

「伊和屋は大店じゃない。雇おうにも、金が足りなかったんじゃないか？　自分一人で育てるより、妹に頼る方が簡単だったんだろ」

金次があっさり言うと、鈴の付喪神は頬を膨らませ、火鉢の脇で、湯豆腐を飲むように食べている。金次は苦笑を浮かべ場久を見た。

「おまけにな、伊和屋での揉め事は、数吉さんの件だけじゃ済まなかったんだ。伊和屋が揉めてるのを聞いたのがもう一人いて、文句を言いに現れた」

伊和屋へやってきた二人目も、思わぬ男であった。

「場久、田津屋さんと言ってな。煙草屋だそうだ」

「金次さん、その人、誰なんですか？」

「伊和屋さんが縁談を断られた相手の、父親なんだとさ。娘さんの名はお紋さん」

田津屋は怒っていたが、その訳は謎だった。伊和屋と田津屋の縁談は、直ぐに破談となった筈なのだ。

「伊和屋さんたら、田津屋さんの顔すら、分からなかったんだよ」

それで田津屋が更に怒った。

「でね、田津屋の方は今回の縁談に、大いに期待をしていた。そう言ったんだ」

縁談を断ってはいないと、田津屋は言い切った。場久と屏風のぞきが、目を見開く。

「へ、へぇえ。どういう事なんでしょ」

田津屋の娘は子が出来なかったことで、一度離縁になったらしい。それで仲人は、男の子が二人もいる伊和屋となら、無事縁が続くだろうと、話を持ちかけてきたのだ。

「娘のお紋さんは、子持ちの後妻で良いという気になってたらしい。ちゃんと子を可愛がる気で、子持ちの知り合いに、幼子の育て方などを聞いてたんだとよ。とにかく田津屋は、伊和屋の土間でそう言ってた」

だが、伊和屋は断られた気になっていたと、おしろが首を捻っている。

「二人の言う事が、違ってたんです。今も、訳が分かりません。伊和屋さんと田津屋さん、どっちが縁談を断ったんでしょうか？」

小鬼の一匹が、断言した。

「きゅい、断ったの、伊和屋さんの方。土間で田津屋さんは、縁談を断ってないって言ってた」

田津屋は間違い無く、自分の方が断られたと思っている。それで破談の訳を問うべく、わざわざ伊和屋へ来たのだ。

だが二匹目の小鬼は、違う事を言い出した。

「きゅげげ、田津屋さんが断った。竜一坊が悪い子だったから、縁談が消えた。伊和屋さん、そう言ってた」

仲人は早々に帰ってしまい、伊和屋には縁談を考える間も無かったようなのだ。

「きゅい、田津屋さん、嘘つき」

長崎屋の皆は、豆腐と芋を睨みつつ、悩んでしまった。金次が唸る。

「数吉さんは、伊和屋さんが話を誤魔化していると考えてたな」

瀬戸物屋の土間で三者は揉め、若だんなが贈り物の件で、伊和屋からの返答を聞く機会は、さっぱり見つからなかった。そのうち、おしろ達が着物を洗い終わってしまい、仁吉がそろそろ長崎屋へ帰ろうと言い出し、更に困る事になった。

「あの時は、どうしようかと思った」

若だんなが、一旦話を止め、離れで溜息をつくと、場久が明るく語った。

「大変だったみたいですね。けど、おなごと男の絡んだ話です。答えが分かれば、寄席で面白く語れそうですよ」

すると屏風のぞきがにっと笑った。そして、話の先を聞くまでもない、自分は事を説明できると言いだした。

「嘘つきは当然、伊和屋だろう」

つまり、一四目の小鬼が正しいと、自信満々に語ったのだ。

5

屏風のぞきは自分の考えを語り、自ら深く頷いている。

「伊和屋さんとやらだが、つい先日来た自分の縁談の、相手も覚えていないなんて、おかしいだろ。そう思わないか？」

きっと伊和屋は縁談が来た時、こっそり田津屋へ、お紋を見に行ったのだ。だが気に入らず断りを入れたが、腹を立てた田津屋が、店へ文句を言いにきた。

「困っちまって、自分は話を断られた方だと言って、誤魔化したんだろう」

だがおしろは、火鉢の横で芋の煮転ばしを食べつつ、眉尻を下げた。

「伊和屋さんが嘘をつくなら、もっと上手く言える気がしますが」

相手が気に入らなかったとしてもだ。田津屋から断られたと、言う必要などない。

「今更嫁を貰うのは、息子達の母代わりをしてもらっている、お沙江さんに悪い。だから、縁談は断る。そう言うだけで済みます」

だから嘘をついているのは、田津屋の方だろうと、おしろは考えた。

「田津屋の娘さんは、子が出来なくて離縁になった。だから伊和屋さんとの縁を、受ける気になったんです」

仲人さんは喜んで、話を持って行っただろう。

「けれど田津屋さんは金次さんが喜ぶほど、お金がありそうなお人ですよね？」

ならば田津屋は、娘をもっと金持ちへ、縁づかせたかったのかも知れない。それで、仲人に縁談を断ってもらったが、娘にその事を言いづらかったのだ。

「で、伊和屋さんが断った事にして、誤魔化す気になった。噂になることを見越して、田津屋が断られた側だと、わざわざ伊和屋へ来て言ったのかも」

二匹目の小鬼が、うんうんと頷く。だが、屏風のぞきは眉を顰めた。

「その断り方、変だよ。田津屋さんがお金持ちなら、娘さんへ、はっきり言えばいいんだ。伊和屋へ行ってみたが、田津屋とは釣り合わなかった。だから縁談は断ったと」

すると場久が、眉根を寄せる。寄席の客達は、田津屋が金の為に嘘をついたという話を、好みそうもない。受けが悪いのは困ると言うのだ。

「田津屋さんが嘘ついたとしても、もう少し面白い話にして、絡ませて下さいよう」

「場久さん、この縁談、寄席のお話じゃないんですから。えっ、次の寄席で、是非話したいんですか？」

おしろが困った顔をすると、ならばと鈴彦姫が、新たな考えを話し始めた。実は数吉が、話を潰したのではと言ったのだ。

「おや、数吉さんが出てくるのかい？ そいつはいい。新しいね」

若だんなは、思わず芋を置いてしまった。

「金次、新しい、古いという考えで、良し悪しを決めていい話じゃないと思うんだけど」

「若だんな、数吉さんは今でもお沙江さんのこと、憎からず思っていそうでした。だからきっと、伊和屋の中で立場を失うお沙江さんを助けようと、縁談を勝手に断ったんです」

「きゅい、鈴彦姫が当たーりー」

新たな小鬼が頷いたが、仁吉が苦笑を浮かべた。そして一言、他人がどうやって、伊和屋の縁談を断る事が出来たのかと、問うたのだ。鈴彦姫は答えられず、この考えは違うとなった。

若だんなは、芋の煮転ばしを少し食べ、揉め事のせいで、贈り物の話が進まなかったと愚痴をこぼす。すると仁吉が、縁談の揉め事は、はっきりしないままですねと言った。

「若だんなは、帰ってからも、ずっと考え事をしてますね。あの縁談を誰が断ったか、そろそろ分かってますか？」

若だんなは、遠慮がちに頷いてみた。

「私は仲人さんが、気になってるんだ」

「は？　もしや仲人が勝手に、破談にしたって言うのかい？　若だんな、何でだ？」

場久と屏風のぞき、それに金次が声を揃える。

仲人は縁がまとまれば、持参金の一割を貰うのだ。つまり並のおなごも、仲人に掛かると美女に化ける。縁をまとめようとして、相手を褒め倒すのが常で、仲人が自分から縁談を断る話など、聞いた事がないのだ。

仁吉も納得しないので、若だんなは更に語った。

「仁吉、私は仲人さんに、子供がいるんじゃないかって思ってるんだ」

「はい？　子供ですか？　確かに仲人ですから、独り者じゃないでしょうし、子がいるかも知れませんが」

「その子供と、ひょっとしたら仲人自身が、まだ麻疹を済ませていなかったとしたら、どうだろう？」

こうも麻疹が流行っているのだから、身内などに、麻疹で亡くなった者がいるかも知れない。となれば、今の流行病は身に染みて怖かろう。

麻疹が恐いとしたら、仲人は予め、縁談相手の伊和屋が壮健か調べた筈だ。だが主は、麻疹には罹ってない。両の親も妻も、既に亡くなっており安心した。

「きっと仲人さんは、伊和屋に入り込んだ麻疹の事を、知らなかったんだよ」

しかし縁談を持って店へ行ったら、子供達は病み上がりだし、お沙江はまだ、麻疹で伏せっていた。

「仲人さん、大急ぎで伊和屋から離れたくなったのかな。縁談で何度も伊和屋へ行ったら、麻疹が移ると思い込んだ」

それで強引に、今回の縁は無かった事にし、逃げたのではないか。若だんながそこまで言うと、長崎屋の妖達は、一寸見事に黙り込み、離れは静かになった。

だがその後、妖達は一気に話し始める。

「己の都合で、縁談を一つ駄目にするんだ。仲人は事情を、正直に伝えられなかったんだな」

金次が頷き、おしろがその後を続ける。

「でも仲人さんが、勝手に縁談を放り出したと分かったら、怒られそうですね」

それに、そんな勝手をする仲人だと知られたら、この先、縁組みを頼んでくる者がいなくなる。仲人の懐に入る礼金が、吹っ飛んでしまうのだ。屛風のぞきが次を話す。

「だから、互いの家には知らせず、縁談を終わらせる事にしたのか」

世の中には、まとまらない縁談も多い。だから仲人はそれで通ると思い、勝手を通したのだろう。

だが。ここで場久が首を振った。

「どちらも断っていない縁談が、駄目になったんです。婿側も嫁側もすっきりせず、伊和屋さんと田津屋さんは、数吉さんも巻き込んで揉めてしまったんですね」

仁吉が、溜息を漏らした。

「そういう話だったなら、本当に壊れたのは縁談ではなく、互いの信用でしょう」

伊和屋も田津屋も、数吉も、今回揉めた相手のことは、今後、良く言わないに違いない。嫌な噂を背負った店は、この先、商売を広げていくのに苦労をしそうであった。

鈴彦姫が、頬を膨らませる。

「そして田津屋の娘さんも、お沙江さんも、縁談から遠のいたまんまになるんですね。若だんな、誰にも嬉しい明日が来ない気がします」

若だんなが、膝の上に居た小鬼を撫でる。

「もっとも、私の考えにも証はないんだ。もし仲人さんが勝手をしたなら、絶対、白状なんかしないだろうね」

長崎屋は、三野屋から贈り物の相談を受け、話に絡んでいたのだ。自分がもっと上手く動けば、違う話になったのかと、若だんなはまた溜息を漏らした。するとおしろが、慰めるように言ってくる。

「贈り物の相談ですが、三野屋さんの意向は、きちんと伊和屋さんへ伝えました」

そして店を離れる前に、伊和屋は、とにかく答えを返してくれたのだ。

ただ、縁談の件で揉めていた時だったからか、伊和屋は妙なものを欲しがった。

「伊和屋さんたら、この揉め事を何とか収める方法が欲しい。そう言ってましたね」

小店（こだな）だから、揉め事を抱え続けたくはないのだろう。しかし事の仲裁というのは、どう考えても、贈れる〝物〟ではなかった。屛風のぞきが首を振る。

「せっかく伊和屋から答えを貰ったのに。その返答じゃ、どうにも出来ないな」

長崎屋へ帰った後、若だんなは藤兵衛へ、伊和屋の意向をそのまま伝えたと口にした。

「そしたらね、おとっつぁんは、よくやってくれたね と褒めてくれたんだ」

「おや、藤兵衛旦那（だんな）は褒めたのかい。まあ、若だんなには甘いからな」

屛風のぞきが、苦笑を浮かべている。

「だけどさ、藤兵衛旦那と三野屋さんはこの後、どうするつもりなのかね？」

藤兵衛は何も言っておらず、若だんなにもそれは分からない。しかし藤兵衛は話を聞いた後、がっかりする様子もなく、直（す）ぐに出かけて行ったのだ。

「おや、旦那様は、お出かけになったんですか」

仁吉が片眉を引き上げている。皆は湯豆腐を食べつつ、この後、三野屋の贈り物がどういう風に落ち着くか、離れで語り出した。

だが、いつもは山と、勝手な考えを話す妖達なのに、今日ばかりは事の結末を、考えあぐねているようであった。

6

二日後のこと。

若だんなは藤兵衛から、三野屋と、今後の事を話し合ったと聞いた。そして二人が何をしたかを知り、驚くことになった。

藤兵衛と三野屋は、仲人を含め、縁談に関わった四人を調べたらしい。藤兵衛は仲人を怪しみ、己で事情を聞いたという。

「大事にはしないと言ったら、仲人さんに、頭を下げられたよ。伊和屋さんとお紋さんの縁談を断ったのは、仲人さんだった」

「おや」

若だんなの考えが、当たっていたのだ。仲人やその子供は、麻疹に罹ったことがなかったようだと、藤兵衛が告げてくる。

病が余程怖かったのだろう。嘘をつき、そそくさと伊和屋から遠ざかったのだ。

「三野屋さんは、事情を両家へ告げて欲しいと、仲人さんへ頼んでいた。縁談の揉め事をきちんと終わらせたら、伊和屋さんが喜ぶ。それを三野屋からの、麻疹を移した詫びにしたいと言ったのさ」

伊和屋へ贈ったのは、形のない礼となった。

藤兵衛達から促された仲人は、まず、縁談を持ちかけた田津屋へ頭を下げた。

「田津屋さんは、今回の縁談とは縁が無かったのだろうと、得心したようだ。ただね、仲人さんは今も麻疹を怖がって、伊和屋さんへ行きたがらない」

すると田津屋が娘御を連れ、伊和屋へ事情を告げに行くと言ったという。お紋にとっても、訳の分からない破談に区切りを付ける、良い機会になるからだ。

藤兵衛も、その場へ顔を出すことにしたと聞くと、若だんなは父親へ頼んでみる。

「私も一度、伊和屋さんの店を訪ねてます。おとっつぁん、立ち会うだけなら、私にさせてもらえませんか？」

贈り物から始まった話を、最後まで見届けたい。自分にも出来ると思いたいと言ったところ、藤兵衛は一寸考えた後、頷いてくれた。若だんなは伊和屋へ、田津屋親子と共に、顔を見せることになった。

ただ藤兵衛から、伊和屋を訪れた時、一つ用を伝えて欲しいと頼まれたので、若だんなは緊張する事になった。しかし、今更行くのを止めるとは言えない。

(うーん、思わぬ話を頼まれちゃった。けど、用を伝えるだけだもの。後はおとっつぁんが引き受けると言うし、何とかなるよね?)

一方、神田へ行く話を聞くと、離れの妖達は、自分も伊和屋へ付いていくと言い、さっそく支度を始める。今回は屏風のぞきと場久が、何としても行くと言ってきかなかったので、おしろと鈴彦姫が留守番に決まった。

「そろそろ若だんなが、寝付く頃合いです。私達は離れで、その用意をしてましょう」

「頃合いって。おしろ、たまには大丈夫、病にはならないって言って欲しいよ」

「若だんな、伊和屋さんから帰ってくるまでは、熱が出ないだろうと思います。多分、それくらいは大丈夫ですよ」

長崎屋の妖達は、若だんなの病に関して玄人なのだ。おしろは若だんなが次回、胃の腑をやられると見て、滋養のある飲み物、甘酒の用意を考えていた。

「……行ってきます」

若だんな達は神田の船着き場前で、田津屋と待ち合わせ、伊和屋へ向かった。一度離縁となり、後妻にと言われたお紋は、若かった。実はまだ二十歳そこそこと聞き、金次と場久が驚いている。

（お紋さん、綺麗だな。伊和屋さん、相手を知らないうちに縁談が流れたこと、残念に思うかしら）

若だんながそっと口にすると、仁吉が横で笑っている。

だが今日は、伊和屋も納得するよう、破談の訳を話すのみであった。皆で伊和屋の暖簾をくぐり、きちんと挨拶をする。ところが、ちゃんと長崎屋から使いを出し、訪れを知らせていたのに、伊和屋の内は今日も騒がしかった。

「長崎屋さん、田津屋さん、おいでになることは伺っていたのに、落ち着かないところをお見せして、済みません」

店奥の一間で待っていると、伊和屋が現れ、慌てて頭を下げてくる。聞けば、田津屋と長崎屋が来るというので、客人をもてなす用意をしていたところ、何と伊和屋の跡取り息子竜一が、行方知れずになったというのだ。

「店内を全て探し、表へも奉公人をやりました。だが未だ見つからないのです」

竜一の事だから、お客より自分に目を向けて欲しくて、また悪戯をしたのかとも思う。しかしそれでも六つの子供を、放っておくわけにもいかず、探しているのだ。

「お沙江の調子が未だすっきりせず、前のようには子供らと遊べていません。それで竜一は、拗ねてしまったのかも知れません」

　田津屋は頷くと、ならば話をする前に、自分達も竜一を探そうと言い出した。このままでは伊和屋に、落ち着いて事情を聞いてもらうなどとても無理だ。

　若だんなも頷くと、仁吉がしかめ面になる。すると、自分達も竜一坊を探すと言って、妖達も立ち上がった。礼は上等の酒でいいと言ってから、場久と金次は廊下へ出ると、小鬼達と共にそっと影内へ入る。

「きゅい、すぐに見つかる」

　隠れ鬼なら、影内を動ける妖達の方が、得意に違いなかった。そして妖達は、本当にあっという間に、影から戻ってきたのだ。

「きゅい、若だんな、坊、いた」

「土間脇に積み上げられた、瀬戸物の間にいるよ。小さな子供じゃなきゃ、入り辛い場所だ。それでまだ、見つかってなかったんだな」

　金次が、竜一坊を影内へ落とし、表へ引き出そうと言うので、慌てて止める。若だんなは一つ首を傾げた後、興味深げに伊和屋を見ていたお紋に声を掛け、手伝って欲しいと頼んだ。

「子供の隠れ場所として、瀬戸物の山が怪しいと思うのです。ですが、何しろ狭い所だから。細身のお紋さんが、覗いてみて下さいませんか」

「あら、いいですよ」

土間を横切り、荒縄で縛った荷を、お紋が端から確かめていくと、妖達が告げてきた場所で、しゃがんでいる竜一が見つかる。

側にいた田津屋が、どうやって竜一坊を出そうかと困っていたが、遠慮の無い長崎屋の小鬼達が、さっさと動いた。小鬼達が背からさわったので、竜一は魂消、瀬戸物の山から逃げ出してきた。

7

伊和屋の奥では、大勢が顔を並べる事になった。竜一の騒動で手間を掛けたからと、伊和屋が当の竜一や妹のお沙江まで、部屋に呼んだからだ。

お紋や屛風のぞきなど、初めて顔を出す者が名乗った後、まずは伊和屋達が、竜一を見つけてもらった礼を言う。その後田津屋が、話がかみ合わなかった縁談の事情を告げると、伊和屋が驚くことになった。

「あの仲人さん、麻疹に罹った事が無かったんですか。そりゃ、病が怖かったかも知れませんが、言ってくれれば良かったのに」

若だんなが、麻疹は移りやすいからと言うと、皆が頷く。終わった話であり、これ以上あれこれ言っても、始まらないからだ。

若だんなはここで、始末が付いたのは、三野屋が伊和屋への贈り物代わりに、縁談の件を調べたからだと、すかさず付け加える。すると伊和屋が事情を得心し、気に掛けて頂きありがたいと、三野屋への礼を口にした。

「後で礼の文を送ります。間に入って下さった長崎屋さんにも、感謝いたします。お手間をおかけしました」

若だんなも深く頭を下げ、礼を返した。

(ああ、これでようよう、三野屋さんからの頼まれごとが片付いた)

長崎屋へ頼まれた事を、若だんなはちゃんと最後まで片付けたのだ。

(仕事が出来た。何というか……嬉しいっ)

笑顔でほっと息をつく。ただ今日の用件は、まだ終わっていなかった。

(三野屋さんとおとっつぁんからは、もう一つ、用を言いつかっているけど、うーん、どう切り出したものやら)

一方部屋の皆は、用は終わったとばかり、早く麻疹が治まればいいのにと話している。茶が入れ替えられ、奥の間の皆はくつろいでいて、若だんなの緊張に、誰も気がついていなかった。

するとその時、更に思わぬ事が起きた。まだ小さかったからか、竜一が小鬼を見つけたようで、突然大きな声を出したのだ。

「何か部屋にいる、小さな鬼がいるよっ」

このときばかりは人を困らせる為、騒いだのでは無かったのだが、伊和屋は息子がまた騒ぎ出したと、困った顔になっている。長崎屋の皆は小鬼を隠すのに必死だし、田津屋はまたかと、顔を顰めた。

大人達が、怖い顔をしたまま黙っているので、竜一はお沙江の膝にすがりつき、口をひん曲げている。

すると、ここでまず口を開いたのは、何とお紋であった。お紋は、真っ直ぐに伊和屋を見ると、少し眉尻を下げた。

「伊和屋さん、仲人さんからこちらとの縁談をお聞きした時、色々伺いました。竜一坊ちゃんは六つですよね？」

ならば、そろそろ悪ふざけの癖を止めないと、町で噂（うわさ）になってしまう。竜一は、手習いを始めるような年なのだ。

「跡取り息子さんだし、これからずっと同じ町で暮らします。妙な評判が定まったら、かわいそうですわ」

「それは……分かってます。何度もあの子に、言ってるんですが」

母親を早くに亡くしたので、つい不憫と思い、伊和屋が竜一を甘やかしていたのが、いけなかったという。気がつけば竜一は、騒ぎを繰り返すようになっているのだ。

「私やお沙江が止めろと言っても、今はもう、言うことを聞かないんですよ。どうしたらいいんだか」

するとお紋は、明るく一つ、伊和屋へ告げた。

「まずは、坊ちゃんの毎日を変えたらどうでしょう。手習い所の事を言いましたが、直ぐに通ってもいいと思います」

そうすれば身内以外の、師匠や友達との縁ができる。叱られる事も増すだろうし、勝手を言えば、友と喧嘩にもなる。

「きっと坊ちゃん、変わるんじゃないかしら」

「それは良い考えですね」

伊和屋が頷き、話に区切りがついたので、若だんなは、この機会を外しては駄目だと分かった。それで頼まれていた話を、大急ぎで口にする。

「その、実は三野屋さんから、もう一つお話がありまして」

　贈り物をする為、三野屋は伊和屋の事を色々聞いていた。そして、一つ考えたことがあったのだ。

「お沙江さんに縁談を世話したいと、三野屋さんは言っておられまして」

「妹に、縁談ですか？」

　三野屋には既に、心当たりがあるらしい。相手は働き者の大工だと聞いて、伊和屋もお沙江も、目を見張っている。するとこの話を聞き、真っ先に笑ったのは田津屋であった。

「それは、良いお話じゃありませんか。坊ちゃん達も、乳母が必要な歳でもない。もう妹さんが嫁いでも、大丈夫でしょう」

「でも……急なことですね」

　毎日の暮らしが変わる話であった。伊和屋はいささか呆然とし、竜一はお沙江の着物にしがみついている。するとここで金次が、伊和屋へ笑みを向けて言った。

「息子を変えたいなら、親から変わるこった。貧乏神にも、歯ごたえがないなんて言われる商人のままじゃ、情けないだろ」

「は？　貧乏神とは、何のことですか？」

伊和屋が、訳が分からないという顔をし、若だんなは金次の着物を急ぎ引っ張った。とにかく縁談は伝えたし、この場で決める事でもなかった。今度こそ若だんなも心底肩の荷が下りて、伊和屋を辞す事になったのだ。

土間で、帰宅の挨拶をしている時、若だんなの足下にいた小鬼達を、竜一がじっと見ているのが分かった。

「若だんな、今回は縁談の使者までこなして、ご立派でした。仁吉は嬉しいです」

離れに戻った若だんなを前に、兄(にい)やは何度も、同じ褒め言葉を繰り返した。そして、かくも大人になったからには、仁吉特製の薬湯(やくとう)も、さらりと飲んで欲しいとも言ったのだ。

おしろの見立てが当たり、若だんなは伊和屋から帰宅した夜、熱が出て、あっという間に立てなくなっていた。胃もひっくり返り、甘酒すらろくに喉(のど)を通らない。妖達は火鉢に炭をくべ、手ぬぐいを絞っては、せっせと若だんなの額を冷やし続けた。

待ち構えていたのか、仁吉の薬湯は、作り込んだ苦い一服であった。

「ぎょべえ、くさい、苦い」

小鬼達は薬湯から逃げ、若だんなの布団の端に集まる。屏風のぞきや金次は、若だんなの看病を口実に、離れへこもって碁など打っており、ついでに噂話に花を咲かせていた。

「伊和屋のお沙江さん、大工さんに嫁ぐかね」

金次が言えば、鈴彦姫が頷く。

「あたしなら、直ぐにお嫁に行きます。だってあのお兄さんじゃ、お沙江さんの嫁ぎ先なんか、考えちゃくれないもの」

お沙江はこの機会を、逃してはならないのだ。それにお沙江がいなくなれば、寂しさから、伊和屋も今度こそ、自分の縁談を考えるかもしれない。

すると、三野屋はそういう心づもりで話を持って行ったのではと、屏風のぞきが言った。

「嫌って破談になった訳じゃなし。伊和屋さん、あのお紋さんとの縁を、もう一度考えればいいんじゃないか？」

だが、おしろと鈴彦姫は首を傾げている。場久が火鉢の横で、その話は寄席で話しても、受けそうにないと言い出した。

「縁談がまとまってません。これではお客さんは、喜びませんよ」

「だから何で縁談が、お前さんが寄席で語る話の元に、化けるんだよ」

文句を言っているうちに、金次が碁に勝ってしまい、離れに屏風のぞきの泣き言が満ちる。皆の笑い声が重なる中、小鬼達はあくびをし、布団に潜り込んでくる。

「きゅいきゅい、あったかい」

若だんなは小鬼と一緒に、ゆっくりと眠りに引き込まれていった。

こいごころ

1

江戸の通町にある大店、長崎屋の若だんなは、酷く困っていた。

今日も熱を出し、親と、長崎屋縁の妖達と、奉公人達から、揃って心配された。それで、またかと溜息は出たが、ちゃんと大人しく離れで休んでいた。

だが、余り寝てばかりいたものだから、夜中に眠れなくなってしまったのだ。

長崎屋縁の妖達ですら、皆、寝ている刻限、離れは静まりかえっている。下手に動いたり明かりを点けたりしたら、誰かを起こしてしまいそうで、若だんなはためらった。

しかし一人闇の中にいると、遠い所から、自分を呼ぶ声が聞こえる気がして、何やら恐い。若だんなは、草木も眠るという丑三つ時の、黒一面の中で、ただ眠れず、動けず、溜息をつくことになったのだ。

すると。

いつの間にか、眠っていたのだろうか。それとも深夜の闇の不思議に、捕らわれてしまったのか。若だんなは暗闇の向こうから、はっきりとした声を耳にし、目を見張った。

「長崎屋の若だんな、聞こえてるかい？　もし、この声が耳に届いてるなら、ちょいと話を聞いて欲しいんだが」

「こん、こん」

最初の、落ち着いた男の声の後に、何やらかわいい声が続いたので、若だんなは思わず、布団から身を起こした。すると闇の中に、突然ぽかりと、獣の目が二つ浮かんでくる。

「お、おや」

よく見れば、目は二組あった。大きい目の下に、もう一組、小さめの光が見えていたので、かわいい声の主はこちらかと、若だんなが顔を向ける。

すると太く低い方の声が、ここは夢の内だと、きちんと説明をしてきた。

「我は北の狐でな、名を老々丸という。足下にいるのは、弟子の笹丸だ」

そして、こうして夢内から若だんなへ話しかけられるのは、自分が修行の末、神力を獲得した別格の狐だからだと、老々丸は続ける。

「我のような妖狐は、狐仙と呼ばれてるんだ」

よって老々丸は今まで、大概の事なら、己で片付けてきた。いや己一人の事だけでなく、北の妖狐達の事も、長年面倒を見てきたという。それが、狐仙になれるほど力を得た老々丸の、役目だと思ったからだ。

「ところが、だ。ここに来て、一人では、どうにも出来ぬ難問に、ぶち当たってしまったんだよ」

大きな方の目はここで、小さな二つの目を見つめた。

「我は今、この笹丸を心配してるんだ」

笹丸は老々丸の妹の血筋で、きっと立派な妖狐になるだろうと、期待されていたのだ。

「だがね、その……」

言いにくい事があるのか、老々丸が言葉を切ると、その後をかわいい声が語った。

「けれど、われは妖になるのが精一杯。とんと強くなれませんでした」

心配した老々丸は、特別に、つきっきりで修行に付き合ってくれた。だが、それでも。

「何としてもわれれは、力を集められなかったんです。物ですら百年の時を経れば、妖物になるというのに、妖狐のわれれは人に化けるのがせいぜいで、術すらろくに使えません」

いや、それだけではない。笹丸は、もっと危ういことになっているのだ。

「われは妖の力が、尽きかけてるんだと思います」

ここ暫くは、小さな子に化けるくらいしか、出来なくなっている。

「そんなわれの事を、師匠の老々丸は強い妖だから、知った顔の妖狐達が、笹丸の為に動いてくれた。他の狐仙にも教えを請うたし、江戸に出て、稲荷神社の強き妖狐にも頼った。

だがそれでも笹丸は、力を付けられない。笹丸の為に何が出来るか、身内の老々丸が、決断すべきときが来ていた。

「それで、だ」

老々丸が、若だんなを見てくる。

するとこの時、闇の中にぽんと、狐の姿が浮かび上がった。そして真剣な顔をした妖狐が、鳴家くらいしかない小狐の首元を手でつまみ、若だんなに示してくる。

「若だんな、この笹丸の為に、力を貸してはくれぬか」

「私が力を貸すの？　狐仙に？」

どう考えても、若だんなより狐仙の方が、強いのではなかろうか。布団の上で若だんなが首を傾げると、老々丸は、引きつったような顔になった後、頭を深く下げてきた。

「長崎屋の若だんなは、大妖おぎん様の血筋だと聞いてる」

他の妖との関わりも、同じ妖狐の血筋故に、老々丸は承知していると言った。

「それゆえ長崎屋の若だんななら、承知してるだろう？　妖には、人のような寿命はない。長生きなんだ。だが己の力を失えば、この世にあり続ける事は出来ないんだよ」

気がつけばある日、この世から消えてしまう事になる。それが妖であった。老々丸は、弟子を守りたいと口にする。

「我らはおぎん様の力を、お借りしたいんだ。笹丸を、おぎん様がおられる、荼枳尼天様の庭に、入れて頂けないかと思っている」

確か以前、古松とかいう老狐が、人の世で弱った後、神の庭へ帰ったと聞いている。その後はずっと、安らかに暮らしているらしいと、老々丸は言ってきた。

同じ妖狐のことゆえ、話は北の地にまで伝わったのだ。

「笹丸だって、そういう特別な庭でなら、安心して暮らせるかも知れん。是非、是非、おぎん様が仕えている荼枳尼天様の庭に、笹丸も置いて頂きたい」

老々丸は必死に、若だんなへ頼んできたのだ。

「おや、私に頼みたかったのは、おばあ様への橋渡しでしたか」

若だんなにも、この夢を見た事情は分かった。老々丸は本気で、笹丸を案じているのだ。だが……若だんなは少し眉尻を下げた。簡単に頷く訳には、いかなかったからだ。

「まず、私とて簡単に、おばあ様と会える訳じゃないんですよ」

おぎんの方から、長崎屋へ知らせを入れる事はあっても、こちらからは、便りを送ることすら難しい。おぎんがいる場所は、人の暮らす町ではないのだ。それに。

「以前、古松さんという妖狐が庭へ帰るのに、手を貸した事はあります。けれど古松さんは、元々荼枳尼天様の庭にいた、狐達の一人でした」

そして古松は、力を求めて庭へ行こうとしたのではなく、元いた場所へ戻りたかっただけなのだ。庭へ帰った故に、具合が良くなったといっても、それはたまたまの事であった。

「笹丸さんが、万に一つ庭へ入れたとしても、その後、のんびり暮らせるかどうかは分からないんですよ」

北の狐がいない庭で、笹丸は老々丸から離れ、一人になってしまうのだ。それに。

「老々丸さんには、仙の力があるんですよね？　笹丸さんの為に、御自分で出来る事が、あるのではと思うんですけど」

老々丸は首を縦に振った。

「実は、おぎん様と会う為、我も頑張ってみたのだ。王子の稲荷へ行き、社の狐方にお願いした」

ところが、王子の狐は働いてくれたのに、老々丸はおぎんに会えなかったのだ。大妖は、庭にはいなかった。あちこちへ身軽に行く性分らしく、今どこにいるのかも、はっきりしなかったのだ。

「あ、おばあ様らしいというか」

それで老々丸は、若だんなへ泣きついてきたのかと、事情が分かった。

「お願いだ。笹丸を助けて下さい」

焦りだけが積み重なっていく中、若だんなは、老々丸が見つけた希望なのだ。

「若だんなは今、具合が悪そうだ。そんな時に無茶をすれば、更に病むかも知れぬよな。我が無理を言ってることとは、承知している」

しかし老々丸は、笹丸を助けてくれと縋りつきたい。

「勝手の極みだ。我は悪い奴だな。しかし、若だんなに頼むしかないんだ」

身勝手の報いは、老々丸が受けると言い切ると、老々丸が闇の内で、身を折るように頭を下げたのが分かる。その願いは、己の為のものではないから、若だんなは、天も地も無い暗闇の中で、大きく息を吐くしかなかった。

2

するとこの時、ようよう若だんなが起きている事に気がついたのか、布団の中にいた鳴家達が、寝ぼけた声を上げてくる。

「きゅ、きゅんい?」

若だんなは鳴家を抱き寄せ、ゆっくりと撫でた。きゅいきゅいと、小鬼達の声が上がる。

(老々丸さんの頼みごとを断るのは、難しいと思う。助けて下さいという言葉を無視したら、きっと後悔するね)

出来る事があるのに、やらなかった己を、忘れられないに違いなかった。目の前に、弱っている笹丸がいるのだ。若だんなが見捨てたら、笹丸の明日が、どうなるか分からない。

小狐を見ていると、笹丸は小さな子供、唐子の姿になったり、小狐に戻ったりして、落ち着かない。化けた姿を保てないのは、妖狐として力が弱いからだろうと心配が募ってくる。

ただ。若だんなは、見えない天井を見上げるように、上を向いた。

（熱を出しているのに、起き出して動いたら、兄や達に、もの凄く叱られそうだ）

自分が寝付いても、毎回治っているのは、妖達がいつもきちんと看病してくれているからだ。運が良かったからだ。

（今回、無理をすれば、笹丸じゃなくて私の方が、あの世へ行きかねないよね）

だが、それでも、小狐を見捨てる事は出来ないと思う。

（だから……うん、無茶をしよう。老々丸達と一緒に、おばあ様を探すしかない）

若だんなは、額から絞った手ぬぐいを手に取り、腹をくくった。それが唯一、進める道だと思う。

しかし、諾と言うのは容易いが、その後が、酷く難しい。

（仁吉や佐助に話したら、間違いなく、出掛けるのを止められるよね）

病の身だから、一人ではろくに動けない。となると、だ。

(もし、おばあ様を探しに行くなら、長崎屋の妖達に力を借りたいところだ)

だが手伝いを頼むのは、剣呑でもあった。若だんなの他出に力を貸したと分かったら、妖達はきっと兄や達から酷く責められる。

(妖達をそんな目に、遭わせたくないよね)

迷う。酷く迷う。

若だんなは返事が出来ず、身を僅かに震わせる。

すると、また鳴家達が鳴き出した。

「きゅい、若だんな。寝てないと、お熱上がる」

「きゅんい、闇に浮いてる目、誰の目？」

「きゅげ、二人居る。若だんなと話してる」

鳴家達は首を傾げ、きゅい、きゅわと声を重ねた。

「若だんな、知らない妖、何で離れにいるの？」

その時であった。一面の闇が、一層暗くなったと思ったら、いきなりそこへ、良く知った顔が現れてきたのだ。

「おや、場久だ。どうしたの、こんな夜中に？」

問われた妖の顔つきが、厳しかった。

「若だんな、あたしが抜かりました。やっぱり夢の内に、妙な奴が現れてたんですね」

悪夢を食う獏、場久は、長崎屋辺りの夢内を、自分の陣のように見なしている。夢内こそ獏が、平素いる場所なのだ。

つまりそこへ、勝手に老々丸達が入り込んだものだから、怒りを露わにしていた。

「しかもこの狐達ときたら、いささか力を持っていそうだ。それで己達の事を、上手く隠してたんですね」

鳴家の声が夢内から漏れ出て、場久はやっと気がついたのだ。己が急ぎ離れに来たので、今は屛風のぞきや他の鳴家達も気がつき、離れは不安に包まれているという。

「長崎屋の、妖の危機です！」

勿論、兄や達も鳴家達の声には、気がついている筈であった。夢内は勝手が違うので、場久が先に若だんなの元へ来たが、じき、二人もこの場へ現れるに違いない。

「そうか。兄や達が怒ること、請け合いなんだね。あら困った」

「若だんな、のんびり困ってる場合じゃないです。早くその妖狐達に、去ってもらって下さい。それが一番、皆が安心する終わり方です」

兄や達が夢に踏み込んで来た時、妖狐二人が居座っていたら、場久は間違いなく、後で大目玉を食う。

屛風のぞきも鳴家達も、何で離れの夢内に、余所の妖者を入れたのかと、叱られる。そして稲荷にいる守狐達まで、どうして他の妖狐が長崎屋へ入れたのかと、何故だか怒鳴られるのだ。

「若だんな、離れが大騒ぎになっちまいますよっ。みんな、泣きます！」

「やっぱりそうなるよね。それじゃ、あんまりだよね」

分かってはいるのだ。老々丸達は長崎屋から逃げ、もう一度王子の妖狐達と、おぎんを探した方がいい。そうすれば兄や達と対峙せずに済むし、長崎屋の妖達とてほっと出来る。

若だんなも熱を出している身で、出掛けずにすむ。

（だけど、笹丸はどうなってしまうんだろう。もし神の庭へ行き着けなかったら、二人はこの後、どうするのかしら……）

迷いに取り憑かれ、若だんなは未だ、答えを出せずにいる。早く決断せねばならないのに、誰にも、何も、言う事が出来なかった。

すると。

その時、悪夢を食う獏ですら魂消るようなことが、目の前で起き始めた。

黒一面の闇と見まごう夢の内に、突然、小さな明かりが見えてきた。

「えっ？」

場久が驚いているうちに、明かりは裂け目となり、紙が破れるように四方へ広がっていく。大きくなった穴から暗い夢内へ、昼間のような光が漏れ出てきた。

場久が、それはやっちゃあ駄目だ、止めて下さいと悲鳴を上げたが、止まらない。

その時、悪夢を食う妖は、若だんなの目の前から、どこかへ吸い込まれたかのように消えてしまった。布団にいた小鬼達が一斉に怯え、若だんなの袖内へ逃げ込んできた。

（きっと兄や達の仕業だ。兄や達が、入り込んだ者を捕らえようと、夢を引き裂いて、ここへ来ようとしてるんだね）

納得した時、若だんなは己の身が、どこかへ思い切り、引っ張られるのを感じた。

裂けた夢の隙間へ、吸い込まれ落ちて行くと分かった時、顔が引きつる。

「ひえっ」

声を上げた途端、老々丸が必死に、若だんなの手を摑んで来たが、それでも止まらない。光の向こうに、屏風のぞきの魂消た顔が見え、そこに何故だか、他の妖達まで居たように思えたが、その様子も、直ぐに目の前から吹っ飛んで消える。

気がつけば若だんなは、小鬼達の悲鳴と共に、夢の裂け目の向こう、どこか遠くへ吹き飛ばされていった。

3

目を覚ますと、若だんなは茂った木の根元に、もたれかかっていた。

(あれ、私は外にいるんだ)

頭の上の空は晴れ渡っている。木は堤(つつみ)に生えているらしく、眼前に、大きな川の流れが見えた。

(見たことがあるような川だ。隅田川かしら)

だが川向こうにある町の眺めには、とんと馴染(なじ)みがない。

ただ、若だんなは息をしていたし、どこかが痛むという気もしない。夢の裂け目から放り出されたというのに、運の良い事に、何とか生き延びたようであった。

するとここで両側から、若だんなを案じる声が掛けられた。三十歳くらいの、背の高い男と、確か唐子という、幼子の髪型をした小さな子が、揃って見つめて来たのだ。

唐子の顔に、見覚えがあった。

「若だんな、生きてること思い出してくれ。大丈夫だと言ってくんな」

「あの、息をするのを、忘れないで下さいね。若だんな、死んじまいますから」

若だんなが頷くと、二人はほっとした顔になる。だが若だんなは、ここで眉を顰めた。

「さっきまで真夜中だったんだ。私は長い間、寝てたんだろうか。それとも夢の内から落ちたんで、日中へ出てしまったのかしら」

どう考えても半日ほど、時が合わないのだ。すると眼前の男が、夢内の話に驚きもせず、返事をしてくる。やはり二人は、老々丸と笹丸が化けた姿であった。

「我は気を失ったりしなかったが、ここへ落ちた時、辺りは昼間だったよ。夢の内から放り出されたんで、時がずれたんだろう」

そういう不思議も、これまでに何度か経験していたから、若だんなは素直に頷いた。そして、居なくなった若だんなを探しているだろう、長崎屋の皆のことを思う。

「場所や時刻がずれてしまったとすると、長崎屋の皆に見つけてもらうのは、難しいだろうなぁ」

きっと皆は今頃、酷く心配している。

「早く長崎屋へ帰らなきゃ。さて、ここは何処なのかしら。老々丸さん、分かってる？」

　すると狐仙は、あっさり首を横に振る。

「正直に言うが、さっぱり分からない。だが……そいつは我達にとっちゃ、ありがたい事でもあると思ってるんだ」

「ありがたい事？　何で？」

「さっき夢を裂いたのは、長崎屋にいる、人ならぬ御仁(ごじん)だろ？　病の若だんなの為に、夢の内にまでやってこようとしたんだ」

　怒って、夜の夢を切り裂いてしまったのだ。

「あの二人は強いな。しかもかんかんだ。つまり今、この堤に現れたら、我ら妖狐二人を蹴散(けち)らし、若だんなを連れ、大急ぎで長崎屋へ帰ってしまうに違いない」

　そして老々丸達は二度と、若だんなと会えなくなるのだ。

「だから……我としちゃ、このまま若だんなとおぎん様を探し、神の庭へ行きたいんだよ」

　駄目だろうかと問われ、若だんなは、決められずにいた問答と、向き合うことになった。

（今度こそ、返事をしなきゃ駄目なんだね）

そして若だんなは、一寸考えた後……首を横に振った。木の根元から立ち上がり、とにかく一度、長崎屋へ帰りたいと口にしたのだ。

「さすがに行方知れずになったまま、旅へ出る事は出来ないよ」

兄や達が、妖達が、もし、息子の他出を知ったら両親までもが、若だんなの事をきっと心配する。笹丸の事を考えてやりたいが、長崎屋の皆を忘れる事は無理であった。

「老々丸が笹丸の事を案じているように、長崎屋の皆も、私を心配してるんだもの」

「……それは、確かに」

すると小さな笹丸が、勝手を言って済みませんと謝ってくる。子供の顔がまた、かわいい小狐の顔と二重に見え、若だんなは笑うと、笹丸の頭を撫でた。

「笹丸はよい子だね。優しいし」

妖狐が、それは嬉しげな顔をした途端、若だんなの袖内にいた妖達が、ぎゅいぎゅい言い出す。

「きょんべっ、我の方が、かわいい」

「きゅい、若だんな、鳴家が一番」

「きょげ、一番よい子」

だが、小鬼を見た笹丸が、かわいいと言って頭を撫でると、鳴家達はぎゅいぎゅい騒ぎつつも、気持ちよさそうにしている。一方若だんなは、長崎屋へ戻ることに決めはしたが、ただそれだけの事が、今は難しい。

「ここがどこなのか分からないし。それに寝間着のまま、遠くに飛ばされたから、私は今、お金とか持ってないんだ」

老々丸達は、おぎんを訪ねてゆく為の、路銀を持っているのだろうか。それを問うと、狐仙は、これまでは北の狐達に助けて貰いつつ、旅を続けてきたと言った。

「でも、大丈夫なんだ。寝るのは道ばたで十分だし。川沿いの道なら、魚も捕れるからね」

街道では、道にある地蔵の前に、お供え物が置かれている事もある。今までの旅で老々丸達は、金に困った事などなかった。

だが、ここで眉尻を下げると、笹丸が師へ告げた。

「老々丸様、若だんながわれらと同じように、草地に寝たら、熱が上がりそうですが」

若だんなは病弱なことで、妖狐の間でも高名なのだ。つまり野宿は無理だから、どこか遠くへ行くなら、宿に泊まる為の金子が必要になる。

「それに、きっと魚も生では食べられません。蚯蚓や蜥蜴も、好きじゃないと思います」

だから食べ物を購う分の金も、用意せねばならないのだ。

「みみず？　とかげ？」

思わず顔を強ばらせた若だんなが、食べたことはないと言ったところ、人は好き嫌いが多いと言い、老々丸が首を横に振っている。沢山は食べられなくとも、好き嫌いはほとんど無いと思っていたので、若だんなは呆然としてしまった。

するとと笹丸が、にこりと笑った。

「大丈夫ですよ、若だんな。いざとなれば近くにいる妖狐達を頼って、お金を融通してもらいますから」

野宿はさせないと、笹丸は言う。すると、融通という言葉を聞いた若だんなは、ぽんと手を打ち、辺りを見回した。

「そこを流れてる川が、本当に隅田川で、ここが川の、どのあたりなのか分かったら、私にも、手が打てるかも知れない」

川下だったら長崎屋の蔵や、茶船を停めてある場が近い筈だ。両国や蔵前辺りなら、長崎屋の知り合いがいる。もし、もっと北にいる時は、上野近くの広徳寺を頼るのが良いかもしれない。

「きっと、お金を借りられるよ。そこで一休みしよう」

何より、舟で長崎屋へ帰ることが出来る。とりあえず一緒に来ないかと誘うと、老々丸は、夢を裂いた兄や達が恐いと、少し項垂れた。大丈夫、狐二人のことは守るからと、若だんなが言ったところ、笹丸がうんうんと頷く。

その時、岸近くを舟がゆっくり遡ってきたので、急ぎ船頭へ声を掛けた。病んでいるせいか、声が届かないでいると、老々丸が船頭に、いまいる場所を問うてくれる。

「ここは、蔵前より大分北だよ」

大川橋に近い辺りだという。若だんなは江戸の地図を思い浮かべると、頼る先は広徳寺に決まったと、妖狐達へ告げた。

4

広徳寺は隅田川から、上野の寛永寺へ向かっていく道の、途中にある。持ち合わせのない老々丸と笹丸、若だんなは、とりあえず歩いて寺へ向かう事になった。

薄い寝間着を着ている若だんなは、寒そうに身を縮めつつ、笹丸を救う方法を、広徳寺の名僧、寛朝に聞いてみようと言ってみる。寛朝は商人のようにも見える、破天荒な僧だが、その法力は確かなのだ。

「寛朝様なら、きっと笹丸を救う方法を、考え出して下さると思います」

具合の良くない若だんなに合わせ、ゆっくりと西へ歩むと、上野へ近づくにつれ、道の両側に寺の塀が続くようになる。一帯は寛永寺をはじめとする、大きな寺町であった。

「この辺りは、人通りが本当に少ないですね」

笹丸の言葉に、鳴家達が頷いている。

「きゅい、広徳寺、近い」

知っている場所へやってきたからか、鳴家達が元気になってくる。だが、あと少しだとほっとした時、思わぬ事がまた起きた。

「おいっ、邪魔だ、どけっ」

上野の方から駆けてくる男が、細い道を塞ぐ若だんな達を見て、怒鳴ってきたのだ。驚いた三人が避けたのに、後ろばかりを気にしていた男は、すれ違うとき、若だんなを突き飛ばしてしまう。

「きゅんべーっ」

若だんなが転び、袖にいた鳴家達が巻き込まれて、悲鳴が上がる。怒った鳴家達は塀に登ると、競って駆けだし、前をいく男に追いつく。そして男の肩に飛び乗り、無礼にも若だんなごと小鬼を突き飛ばした阿呆へ、思い切り嚙みついた。

「きょんげーっ、悪い奴っ」

鳴家達が、男をがぶがぶ嚙んだものだから、若だんなは転んだまま、急ぎ声を掛け、鳴家を止めようとした。だが。

「おや、やっぱりあのお人は……」

「おお、こりゃ珍しい事になったもんだ」

老々丸も、やっと事が妙だと気がつき、男へ目を向けている。鳴家達から思い切り嚙みつかれた男は、人には見えないはずの小鬼を摑み、己から引き剝がしていたのだ。

「何しやがるんだっ、この馬鹿小鬼っ」

「若だんな、あの男、鳴家が見えてるみたいだね。どうも人じゃなさそうだ」

頷いたが、他に何かを言う間もなく、若だんなは更に驚きを重ねた。その時三人の傍らを、墨染めの衣が、風のように過ぎていったからだ。

「きゅいっ、御坊だ」

僧は衣を翻し、男との間を一気に詰めると、懐から何か取り出した。そして男が僧に気がつき、必死に逃げ出した時、その背にぺたりと短冊のようなものを貼り付けたのだ。

「きょげーっ、若だんな、恐いっ」

「鳴家が怖がってる。あの短冊は護符みたいだね」

途端、噛みついていた小鬼達が、男から飛び逃げ、若だんなの所へ駆け戻ってきた。するとその時、僧の足下にうずくまった男の姿が、何やらぼやけてくる。じき、人の形が消えてしまうと、代わりに、見たことのある形が現れてきた。

「おや、あれは……驚いた」

男は毛足の短い、丸々とした獣の姿になったのだ。背に、まだ護符を貼り付けていたから、先程の男が変わったものに間違いはない。

「妖だろうとは思いましたが。あのお人、化け狸だったんですね」

若だんながつぶやくと、僧が男の傍らから振り返り、笑みを向けてきた。

「長崎屋の若だんな、お久しぶりです。今日は珍しくも、初めて見る妖二人と、一緒におられるのですね」

「げげっ、この坊さん、人の姿の我が、妖狐だと分かるのかっ」

狐仙が声を上げたので、若だんなはまず、寛朝の弟子秋英に、老々丸と笹丸を引き合わせる。そして小さな笹丸を抱き上げると、秋英へ見せた。

「この笹丸が今、困っておりまして。寛朝様に助けて頂きたくて、広徳寺へ向かうところでした」

「えっ……この子の為に我が師に、縋りに来られたのですか」

秋英は高僧寛朝の、ただ一人の弟子ゆえか、いつも落ち着いている。ところが今日は、笹丸を見て戸惑ったので、若だんなは首を傾げる事になった。

「もしや寛朝様は、他出中なのでしょうか。お会い出来ないとか」

「いやその、師は広徳寺におられます。田貫屋(たぬきや)さんが戻るのを、待っておいでなんですよ」

「田貫屋さんとは？」

秋英は、そこなお方ですと言うと、背に護符を貼り付けたまま、道に転がっている狸を指さす。

「ただ、この化け狸のことで、今、寺は少々困っておりまして。我が師も、忙しくしておいでです」

何しろ、事に妖が関わっている。そして広徳寺で妖を見る事が出来る僧は、寛朝と弟子の秋英、二人きりなのだ。

すると老々丸が狸を見下ろし、お気楽な口調で、恐ろしき事を言った。

「困ってるって……丸々と太った狸だから、こいつを、狸汁にしたいのかな？　だが、日頃精進物ばかり食べている坊さんじゃ、作り方が分からないんだろうね」

狸汁は、作る村も結構多いと語り、ならば我が作ってやろうかと、老々丸が言い出す。途端、汁にすると言われた化け狸が、寺町の道ばたで悲鳴を上げた。


化け狸は大きかったので、背負うのも大変だから、広徳寺まで自分の足で歩かせた。途中、顔が赤い若だんなの具合を秋英が心配していると、傍らで老々丸が、また怖い事を繰り返す。

「化け狸を捕まえたのに、本当に、狸汁にはしないのかい？　上手く作りゃ美味しいよ」

「妖狐の老々丸さん、僧は、肉はいただきません」

「いや坊様、残念だ。笹丸に、精が付く食べ物を食わせてやれるかと思ったのにな」

途端、笹丸が田貫屋狸に抱きつき、庇った。

「師匠、止めて下さい。かわいい狸さんなのに」

「お、おや。わしはかわいいのかい。小さい化け狐さんは、よい子だね」

田貫屋狸はこの時、すっと目を細めると、笹丸に見入った。そして老々丸や空や、秋英、若だんななどを順に見た後、ゆっくりと笹丸を撫で、また老々丸へ目を向ける。それから化け狸は、何故だか渋い顔で言った。

「化け狐の老々丸とやら、わしを食うでないぞ。後で話す事があるからな。本当は化け狐などと、話したくはない。だが笹丸殿はかわいいから、師匠の狐仙とも話してやろう」

「我には、化け狸に話す事などないが」

狐と狸の言い合いを聞き、若だんな達が溜息をついていると、ようよう広徳寺が見えてきた。皆が直歳寮へ入ると、堂宇の主、寛朝が急ぎやってくる。そして部屋の隅に座り、笹丸に撫でてもらっている化け狸の頭を叩いてから、ほっと息をついたのだ。

「やれやれ、田貫屋さんが、まだ生きておって良かった。この寺から逃げたら、却って危ないと言ったであろうが」

「おや、狸を探していたのは、守る為でしたか」

若だんなが高僧に挨拶をし、化け狸と、道で出会った事情を告げる。破天荒な高僧は、溜息と共に若だんなへ語った。

「この化け狸は、田貫屋さんという名でな。長年人として暮らし、妻までおった者なのだ」

もちろん寛朝は、正体を承知していた。だが化け狸は悪さをせず、稼いで妻を養い、寺へ寄進もしていた。妻とて、亭主が何者なのか承知していたので、ならば構わないと、田貫屋を放っていたのだ。化け狸は町人として暮らし、広徳寺の檀家にもなっていたという。

ところが、その妻が病で亡くなった後、ある時、間違いが起きた。

「田貫屋狸は、団栗が大好物でな。そのせいである日、寺に伝わっていた大きな金印を、食べてしまったのだ」

金で出来たその印には、握る所に、木の実の彫刻が施されていた。少し暗い場所で見ると、団栗にそっくりであった。

「えっ？　金で出来た団栗なんて、食べたんですか。重かったでしょうに」

若だんなが魂消ていると、田貫屋狸が頷き、ちっとも美味しくなかったと、堂々と言ってくる。狸は、もこもことした総身の毛を震わせた。

「その上、飲み込むのも苦しくて。わしは狸の姿に戻って、苦しんでおりました。あげく寺の僧に見つかり、捕まってしまったんです」

すると、恐ろしい事になった。印は何と、広徳寺が金の出し入れの時、証文の最後につく、大事な印であったらしい。それゆえ、特別に彫刻が施されていたのだ。無ければ、寺が困る品であったから、事をどう終わらせるかで揉めた。

「印を取り戻す為、そこな狐同様、わしをさばいてしまえという御坊が現れたんですよ。殺生を口にするなど、坊主にあるまじきことです」

　寛朝が、無茶は駄目だと僧達を止めた。そして印はじき、狸の糞と一緒に出てくると言ったのだが、僧達は納得していないという。

　もう一年も過ぎているのに、未だに金印は、狸の内にとどまっているからだ。

「僧達はわしを、日に日に、物騒な目で見るようになってるんです。わしは怖くなって、今日、寺から逃げ出しました」

　だが、逃げても行く所がない。田貫屋の店へ帰っても、直ぐに寺から人が来て、捕まるだろうと思われた。それでも怖くて、必死に走っているうち、田貫屋は、若だんなを突き飛ばしてしまったわけだ。寛朝は、大きく溜息をつき、田貫屋狸を見ている。

「金印入りの糞をするまで、直歳寮で大人しくしておれと言った筈だ。馬鹿をすると本当に、狸汁にされるぞ」

　化け狸はぷいとそっぽを向いたが、笹丸が慰めるように毛を撫でると、その小さい姿を尻尾でくるんでいる。寛朝は一つ息を吐き、若だんなへ目を移してきた。

「次は、若だんなと話さねば。今日はどうして長崎屋の皆を、供に連れておらんのだ？　薄着な事も気になっておるぞ」

「あの、それがその……」

言いかけた時、若だんなは眼前が、ゆらりとゆがむのを感じた。そういえば先程から、随分寒気を感じている。無理をしたから、熱が上がっているのかも知れない。

若だんなが黙ったので、代わりに老々丸が、事情を話し始めた。狸と笹丸は、心配げな目を時々、若だんなへ向けてくる。

（あ、これは拙い。少し休ませてもらわなきゃ……）

そう思った時、目の前が急に暗くなった。寛朝が声を上げ、小鬼達が悲鳴を上げる。

若だんなは己の体が、直歳寮の板間に倒れて行くのを、ぼんやり感じていた。

5

今までだと、倒れた若だんなはそのまま長く寝付き、長崎屋の妖達に看病されることになった。ついでに兄や達から叱られ、親が狼狽えるのが、いつものことであったのだ。

ところが今日の若だんなは、直歳寮で布団に寝かされて直ぐ、飛び起きる事になった。夢の内へ入った途端、悪夢を喰らう獏、場久の半泣きの顔を、正面から見たからだ。

「若だんなだっ、見つけたーっ」

場久に飛びつかれ、若だんなは夢内で魂消た。そして布団から飛び起きると、夢内にいた場久も若だんなに引っ張られ、広徳寺の直歳寮へ飛び出る。僧と、広徳寺にいた妖達が、何事かと目を見張った。

「こりゃ、長崎屋の場久じゃないか。なんで広徳寺へ、いきなり現れるんだ？」

板間に転がった場久は、ここでひょいと身を起こすと、辺りを確かめる。そして、若だんなが無事に寝かされているのを目にし、場所は広徳寺だと得心すると、ほっと息を吐いた。

それから頭を掻きつつ、妖退治で高名な僧へ目を向け、語り始めた。

「ああ、良かった。若だんなは寛朝様の所にいたんですね。夜中、夢に現れた妖の為に、いきなり長崎屋から消えたんです。道端で倒れてるんじゃないかと、長崎屋の妖達は今、皆で必死に探しているんですよ」

特に兄や達は、夢内に現れた妙な妖を取り逃がした為に、若だんなが行方知れずになったと、何時にない程、恐い顔をしているという。そっぽを向いた老々丸へ目を向けてから、秋英は苦笑いを浮かべた。

「あの、夢に現れた妖とは、ここにいる狐仙、老々丸です。この妖狐から、事情は聞いております」

「おや、夢内の妖、まだ若だんなと一緒にいたんですか。だから若だんなは、病になって倒れているんですか？」

場久の目がつり上がったので、若だんなが慌てて止める。

「私は長崎屋に居た時から、寝付いてたよね？　具合は昨日から悪かったよ」

「そういえば……そうでしたね」

場久が少し落ち着いたので、若だんなは場久へ、かいつまんで事情を伝える事が出来た。

まずは老々丸が夢内から、若だんなに、笹丸を救ってくれと頼んできたこと。

すると途中で兄や達が、夢内にいる妖しい者に気がつき、夢に大穴を開けたこと。

若だんな達はそこから、遠く、隅田川のほとりにまで落ちてしまったのだ。

「落ちた時、隅田川の堤は昼間だったよ」

「なんと、若だんなは時をまたいで、昼に落ちたんですか。ああ、それで探しても、今まで、見つからなかったんですね」

　夢を裂いてしまった兄や達が、それはそれは心配している。場久は、若だんなと早く長崎屋へ帰りたいと言ったが、若だんなは倒れたばかりであった。

「今、立たせて、舟に乗せるのは無謀だぞ」

　寛朝がそう告げると、場久は仕方が無いから、とにかく自分が長崎屋へ、知らせに戻ると言う。すると老々丸と笹丸が、不安げな顔になる。若だんなは寝床から慌てて、妖狐達がどうして、若だんなの夢内へ来たのか、一番大切な訳を場久へ伝えた。

「場久、そこにいる妖狐、小さな笹丸が弱ってて、心配なんだ。老々丸は打てる手を、探してるんだよ」

　それで若だんなに、おぎんのいる茶枳尼天(だきにてん)の庭へ、笹丸を連れて行って欲しいと頼む為(ため)、夢内に入ったのだ。

「だけど、私は寝込んでいるし、おばあ様は今、どこにいるのか分からないみたいで」

　代わりに、若だんなは広徳寺の寛朝に、笹丸を救って貰えないだろうかと考えていた。

「でも広徳寺では、化け狸の田貫屋さんの問題が起きていた。まだ寛朝様と、話し合いすら出来てないんだ。兄や達へ知らせるのは、少し待ってくれないか」

二人が広徳寺へ来たら、若だんなは直ぐに、長崎屋へ帰らねばならなくなる。だが寺を離れたら、笹丸がこの先どうなるのか、気に掛かってしまうだろうと言った。

場久は不機嫌な顔で、ようよう気がついたというように、小さな妖狐に目を向ける。

「妖狐の笹丸って子の為に、全ての話が始まったと言うんですか。弱って、困ってるからって、何で寝付いてる若だんなを巻き込むんですか？」

ところが。場久は何故だかここで急に黙って、眉を引き上げた。それから口を開こうとしたのだが、直ぐには声が出ないでいる。

「場久、どうしたの？」

問われて、悪夢を食う獏は、ゆっくりとした口調で若だんなへ問いを向けた。老々丸と笹丸が本当に望んでいるのは何なのかと、知りたがったのだ。

「本当にって……どういうこと？」

すると場久へ言葉を返したのは、師の老々丸ではなく、笹丸であった。

「われが弱ったので、師が、荼枳尼天様の庭へ行こうと、決めて下さったのです。けれどわれは、若だんなに無理をして欲しくはないんです」

場久は小さく頷くと、一つ首を傾げ、老々丸へ問う。

「笹丸さんを、茶枳尼天様の庭へ連れて行きたい気持ちは分かるよ。けど妖狐なら、若だんなを巻き込まなくとも、何とかなった気もするが」

確かに、若だんなの祖母おぎんは、神の庭にいる。だが庭の主はおぎんではなく、茶枳尼天なのだ。

すると笹丸の狐の耳が、ぺたんと横に寝てしまった。そして笹丸は、寝ている若だんなへ目を向けてきた。

「その、われが若だんなといつか、また会いたいと、言ってたからだと思います」

だから老々丸はきっと、江戸へ、また来る事を選んでくれたのだ。

「私と？　けほっ、またって、前に会ったこと、あったかな？」

若だんなが寝床内から問うと、笹丸は何度も頷いた。

「少し前の話なので、若だんなは、覚えてないかもしれないですけど」

以前笹丸は、王子稲荷の狐に鍛えて貰うため、老々丸と江戸にいた事があった。すると師は、修行は大変だろうからと、二月の最初の午の日、長崎屋にある稲荷神社の祭りへ、連れて行ってくれたのだ。初午祭りだそうで、長崎屋では稲荷寿司を配り、大道芸人まで呼ぶので、とても楽しいらしい。

「でも、店奥の庭へ行くと、人が一杯来てました。われは小さいから前に行けず、稲荷寿司は貰えないかと思ったんですが」

　すると、若だんなが小さな笹丸を抱き上げ、ちゃんと稲荷寿司や、団子までくれたのだ。老々丸の分もあった。そして芸が見やすい場所に座を用意してくれたので、二人は心躍る一時を過ごせたのだ。

　老々丸は、長崎屋には妖がいるので、同じ妖の二人に、気を配ってくれたのだろうと話していた。

「その後、われ達は北へ帰りました。でもその時、妖としてもっと強くなったら、若だんなへお礼を言いに来ようと、自分で決めていたんです」

　強くなれたら、師に連れてこられるのではなく、一人で江戸へ来る事ができる。初午祭りは毎年ある。笹丸は、また若だんなに会う為にも、頑張って強くなりたいと思っていたのだ。

　だが、しかし。

「われは、強くなれませんでした。ですがそんな時、師と一緒に江戸へ来る事になりました。だから、とにかく今を逃さず、若だんなに会いたいと思いました」

　今回、老々丸は若だんなを頼ったが、あの時の親切を、覚えていたからかも知れない。笹丸は最後に、そう付け足した。老々丸は、弟子が語り終っても、口を引き結び、だまっている。

するると、何故だか場久は眉尻を下げ、寛朝は何時にないほど、優しげな顔つきになっている。高僧は、若だんなが思いもかけなかった事を、傍らで口にした。

「笹丸は女の子だからな。優しい殿御と会えば、それは頼もしく思うだろうよ」

「えっ、笹丸ちゃん、女の子だったの？　あの、髪が唐子だから、どっちか分かってなかったんだけど」

小さい子の髪型は、男も女も同じなのだ。ましてや小狐の姿だと、毛並みはどちらも変わらなかった。

「私を覚えてくれてて、会いに来てくれたんだね。嬉しいよ」

若だんなが笑うと、笹丸はそれは嬉しげに、きゅうと鳴いている。すると寛朝は、笹丸をじっと見た後、化け狐二人へ声を掛けた。

「ならば妖狐達は、広徳寺に泊まって、暫く江戸へ留まっていたらいい」

荼枳尼天様の庭へ行く為、おぎんに会いたいと言うが、今の若だんなに旅は無理であった。これからのことは、寛朝や若だんな達と、一から考え直しとなる。

「うちの寺には今、化け狸がいる。妖狐がそこに加わっても、余り変わらぬだろうさ」

妖の世話を受け持つ事になる秋英が、高僧の言葉に溜息を漏らした。そしてそういえば、田貫屋は先程から全く話さず、珍しくも静かだと口にする。

皆の目が、化け狸の方へ向けられた時、一寸の沈黙の後、魂消たような声が上がった。

「いないっ、田貫屋さんが消えてますっ」

秋英が立ち上がり、化け狸の、ころりとした姿を探したが、見つからない。老々丸や場久が、直ぐに影内へ潜って、部屋の天井や床下にまで目を向けたが、田貫屋は姿を現さなかった。

「皆が話し込んでいる間に、また逃げたのでしょうか」

秋英が眉根に皺を寄せたが、老々丸は首を傾げた。

「あの化け狸だが、我に、後で話があると言ってたぞ。その約束を放り出して、寺から逃げ出す奴とも思えなかったが」

そして田貫屋狸は、誰かに狙われる訳を抱えていた。大きな寺である広徳寺の、支払いに使う印を飲み込んでいるのだ。

「誰かが、その印さえ手に入れれば、山ほどの買い物が出来ると、考えたのかもな。田貫屋を狸汁にしたい輩は、今、ごまんといるだろうよ」

笹丸が悲鳴を上げ、寛朝が頭を抱え、若だんなが床で身を起こした。皆は揃って、大急ぎで田貫屋を探さなくてはと、口にしたのだ。

「田貫屋には何としても、無事でいて貰わねばならぬ。あの印を勝手に使われたら、広徳寺は頭を抱える程の大騒ぎになるぞ」

優しいのか怖いのか、訳の分からない事を言って、寛朝がうめく。

「おまけに、私と秋英は、今まで化け狸を庇い、悠長にしていた罪を問われる事になるな。秋英、そうなったら知らぬ存ぜぬで、罪は全部、師の私へ押っつけておくように」

この広徳寺には、何としても一人、妖を見る事が出来る僧が必要なのだと、寛朝は言う。

「秋英くらいは寺に残さないと、江戸の人達が困るからな」

「師僧一人を、悪者には出来ません。無茶をおっしゃらないで下さい」

今度は秋英が頭を抱える。一方笹丸は、田貫屋が食べられては嫌だと泣き出した。

若だんなは布団の上から、場久へ頼んだ。

「場久、長崎屋に、直ぐに来られる妖はいるかな」

化け狸の田貫屋を探す為には、妖の手が必要だろうと若だんなは言った。直ぐに見つからないということは、田貫屋は、人が探すのは無理な場所に居るかもしれないからだ。

「上野まで来てくれる妖がいたら、集めて欲しい」

場久は、ちらりと笹丸を見てから、頷いた。だが直ぐ、若だんなへ顔を向け直すと、集めるのはいいが、難しい事になるとも言ったのだ。

「あたしが長崎屋へ帰れば、兄やさん達は、若だんなを見つけたかと聞いてきます。あたしは、隠し事は苦手なんですよ」

そうでなくとも、何人もの妖達が上野へ向かえば、たとえ場久が黙っていても、兄や達に居場所が分かってしまうだろう。

「そうなったら若だんなは、長崎屋へ帰るしかないでしょう。この後、笹丸さん達と一緒にいる時は、残らないかもしれません」

それでも良いですかと問われ、若だんなが目を見張る。すると横から、それでもお願いしたいと、笹丸が言ってきた。

「田貫屋さんの命が掛かってます。迷ってる場合じゃないので」

若だんなは頷く。

「その、場久が、田貫屋さんの事に力を貸して、長崎屋へ戻らずにいたら、後で兄や達から、きっと凄く叱られるね」

　上野へ呼ぶ皆も同じだ。もちろん若だんなは妖達を、必死に庇うつもりだ。だが、怒った兄や達は怖かった。だから若だんなは長崎屋の妖達に、こんな頼みごとなど、しないようにしてきたのだ。

「でも田貫屋さんは、急いで助けなきゃいけないと思う。そして私は今、何時にも増して、役立たずなんだ」

　力を貸して下さいと、若だんなは布団の上で、場久へ頭を下げた。

「やれ……若だんなは、相手が妖と分かってて、頭を下げる事が出来るお人なんだよね」

　場久は眉尻を下げ、それから何故か、また笹丸へ目を向ける。そしてその後、唇を引き結び、承知だと言ったのだ。

（あ、れれ？）

　若だんなはふと、戸惑った。

（先から、寛朝様や場久が、笹丸を見てから、随分と優しい態度になってる気がする。思い違いじゃないよね？）

　もちろん笹丸は小さいし、今は、妖としての力が落ちているから、心配なのだろう。

だが、それでも。

（何か引っかかる）

けれど、訳など分からなかった。若だんなは、他の皆が承知していることを、見落としているのだろうか。

（何だろう。どうにも不安だ）

この不安を、誰に、どう言えばいいのか思いつかない。若だんなは、皆と同じように笹丸を見て、話しているのだ。

そして今は、若だんなの苛立ちの元を探るよりも、消えてしまった田貫屋を見つける事の方が、大事に違いなかった。兄や達が出張ってくるのも間近だとすると、広徳寺で踏ん張れる時も、余り残っていない。

（こんな大事な時に、熱が出てるなんて。いい加減、病人でいるのもうんざりだよ）

もっと役に立ちたいのに、これでは若だんながいる方が、皆の足を引っ張ってしまう。幻のように過ぎた、丈夫だった十ヶ月の思い出が、不意に頭へ浮かんでくる。

ぐっと心持ちが重たくなって、布団の上に起きていることさえ、疲れてきた。

だが、白旗を揚げてはいけなかった。ここで寝込んでしまっては、駄目なのだ。若だんなは大丈夫だと三回唱え、それでも己を奮い立たす事が出来ず、更に三回言葉を足してから、背筋を伸ばし、考えを巡らせる。

（こんな時だからこそ、私でもやれることを探さなきゃ）

布団から半身を起こした格好で、若だんなは真剣に考え込んだ。

6

長崎屋から広徳寺の直歳寮へ、屛風のぞき、おしろ、鈴彦姫、金次、それに沢山の鳴家達が来た。場久が頷く。

「兄やさん達に分からないよう、出来うる限りこっそりと、長崎屋を出て来ました」

寛朝と秋英、老々丸と笹丸、若だんなが妖達と向き合い、二人の妖狐や、化け狸の件を話すことになった。寛朝は、これまでの経緯と、行方知れずの田貫屋が抱えている危うさを口にした。

「なるほど、そりゃ化け狸が狸汁になっちまうかもと、心配するわけだ」

屛風のぞきが言うと、笹丸がきゅうんと、小さな声で鳴く。すると長崎屋の妖達が、板間にいる笹丸を一斉に見つめた。若だんなが不安になるほど見続けた後、屛風のぞきが優しく、大丈夫だと告げた。

「田貫屋という太った狸は、この妖が、ちゃんと見つけてやる。心配は要らねえからな」

(あ、長崎屋の皆も、笹丸には優しい)

若だんなが戸惑うと、貧乏神の金次は、へらへらと笑いながら話し出す。

「その田貫屋ってぇ化け狸だがね、逃げたんじゃなく、攫われたんだろう」

狸は寺から逃げ、あげく、直ぐに秋英に捕まった。そしてその時何度も、狸汁の話が出ている。

「また直ぐ、逃げ出すとも思えないものな。かみさんも死んでるから、一度逃げた時も、どこへ行ったらいいか、分からなかったみたいだし」

おしろと鈴彦姫は頷いたが、では誰が、どうやって大きな化け狸を、寸の間のうちに隠してしまえたのかと、首を傾げている。

するとここで、鳴家達が胸を張って話しだした。

「きゅい、鳴家には分かるの。狸、隣の部屋に隠した。隣なら直ぐに隠せる。鳴家、頭良い」

途端、屏風のぞきが目を向けたので、何匹かの鳴家が身構える。すると派手な付喪神は、思わぬ言葉を鳴家へ語ったのだ。

「驚いたな。小鬼達の言葉が正しいぞ。太った化け狸を隠すなら、隣の間に移すのが早いや」

屏風のぞきが素直に褒めてきたので、鳴家達は魂消た顔をし、しばし動けなくなった。するとその時、鈴彦姫が、秋英や老々丸達が周囲を調べた筈だが、狸は見つかっていないと言い出した。

「何か、妙じゃありませんか？」

金次がにたりと笑う。

「ひゃひゃっ、鈴彦姫、何もおかしな所なんて、ありゃしない」

金次は鈴彦姫へ、化け狸は捕まったのではなく、隣の間へ行けと、命じられたのだろうと言う。いつも広徳寺におり、化け狸とも馴染みの誰かが、指示したのだ。

「黙って身振りで、行けと隣の部屋を指せば、田貫屋さんは何事だろうとは思いつつ、自分で歩いて移ったかも知れない」

そういう事が出来る者なら、その後、また狸を連れ出す事くらい、簡単に出来る。寺に居ておかしくない立場であれば、何をするのも容易い話であった。

おしろは顔を顰め、つまりと続ける。

「金次さん、田貫屋狸を連れ出したのは、御坊の一人だと思ってるんですか？」

何で御坊が、そんなことをしなければならないのだろうか。皆の目が集まったので、貧乏神は言葉を続けた。

「寛朝様が言ってたじゃないか。寺の支払いに使う金印を、田貫屋さんは飲み込んでるって。そして広徳寺の僧であれば、その話を知っていてもおかしくない」

つまり田貫屋を連れ出した坊主は、金印を手に入れ、何かしたいのだろう。広徳寺に、山と借金を背負わせたいのか、大金を手に入れて、還俗(げんぞく)したいのか。

「貧乏神には、金が欲しい訳なんか分からないけどね。まあ、そんなもんだろ」

「確かに、お金絡(がら)みの話だと思う」

返事をした後、若だんなは寛朝を見た。

「直歳寮に来て、田貫屋さんを連れ出せそうな御坊は、どれ程おられるでしょうか」

寛朝は腕を組み、眉間(みけん)に皺(しわ)を寄せる。

「あいつは化け狸だからな。田貫屋の為にも、妖のことが分かっておらぬ他の僧とは、馴染ませぬようにしていた」

金印を飲み込んでしまった後、田貫屋は直歳寮で暮らし、寛朝と秋英が、世話をしていたのだ。

「それに、寺の僧が皆、金印の話を知っているように思うのも間違いだ。広徳寺の僧であっても、多くは知らなんだはずだ」

　寺以外に漏れ出ては困る話だから、寺を預かる僧達には、なるだけ話さないようにしていた。知る人が多くなれば、寺と田貫屋の身に危険が迫るからと、寛朝が唸る。

「怪しい僧の名が……思い浮かばぬ」

　すると、ここで思わぬ者が、狸を攫った者が誰か、分かると言い出した。若だんなの周りに集まっていた鳴家達が、両の足を踏ん張り、またまた、得意げに胸を反らしていたのだ。

「鳴家は良い子。分かるの」

　今日の鳴家は凄いと、きゅい、きゅわ言い始め、そのうち自慢ばかりし始めたので、話が進まない。金次が指で鳴家の尻を弾き、さっさと話せと急かす。

　鳴家達は仕方なく、その僧のことは、鳴家も大好きだと言い出した。

「でも坊様の名前、知らない」

　聞いていた皆が、目を丸くする。

「鳴家が大好きな僧？　寛朝様と秋英さん以外に、馴染んだ僧がいるのか？」

　屏風のぞきだけでなく、部屋中の皆が首を傾げる。鳴家達が頷くと、高らかに声を合わせた。

「庫裏にいる僧。寺の台所で、ご飯を作ってる人。分けてくれる人が、一番好き！」

「えっ……あーっ、確かに」

一寸目を見合わせてから、直歳寮の部屋内が沸き返り、寛朝が弟子を見た。

「田貫屋も、庫裏から運ばれた飯を食べておった。そうだな、飯を作った僧に、よく会ってただろう。馴染みになっただろうし、腹が空いた時、田貫屋は庫裏へ行ったかもしれん」

世話をする僧からお八つなど貰うこともあっただろう。そしてなにかのきっかけでその庫裏の僧は、狸が金印を飲み込んでいることを知ったに違いない。

「いや、鳴家は素晴らしい。よくぞ気がついたな」

「きゅんいーっ、われは賢いの」

だから、お八つが欲しいと声が揃ったので、寛朝が笑って、茶筒から金平糖を取り出し、木鉢に入れている。小鬼達が一斉に集まって食べ始めた横で、皆は次の手を考える事になった。

老々丸や場久、秋英に金次が、次々と語る。

「どの坊さんが化け狸を攫ったにせよ、庫裏にはもう居ないよな。今、どこに狸を隠してるんだろう」

僧であれば、狸を食べてしまう事はなかろう。だが。場久は顔を顰める。

「糞から金印が出てくるのを、待ってくれるとは、思えませんね」

寺の者達は、もう一年も、金の糞を待っているが、手に入れられずにいる。

「体のどこかにつっかえているらしく、一向に、出てきてくれないんですよ」

「秋英さん、そうだった。一年待ってたんだっけ！　坊さん達、よくぞ気長に、化け狸の糞を待っていたもんだ」

しかし庫裏の坊主は、いい加減待ちくたびれてもいよう。金次も顔を顰めた。

「田貫屋さんが危ないぞ」

「おじさんを、取り戻して下さい。笹丸が出来る事はします。お友達になったんです。笹丸は、今回こそ頑張りますから」

小狐が真剣に語り、皆が悩んでしまう。直歳寮の板間が静かになると、笹丸が俯いて身を小さくしたので、若だんなは、布団の上においでと声を掛けた。

「きゅーん」

笹丸は何度も頷き、布団の端にぽんと乗った。若だんなは、鳴家達が笹丸と一緒に、暫く布団で遊ぶだろうと思っていた。

だが小鬼達は何故だかこの時、急ぎ布団の内へ潜り込んだのだ。

「鳴家、どうしたの？」

若だんなが首を傾げた時、寛朝がさっと、表廊下の方へ目を向けた。すると、不思議と静かな直歳寮へ、離れた所から近づいてくる足音が聞こえてくる。

誰が何を言った訳でもないのに、妖達が揃って、顔を強ばらせた。若だんなはその様子を目にし、笹丸ではなく自分こそ、これから頑張らねばならないと分かった。

(今回、私は寝てばかり、話を聞くばかりで、役に立っていないから)

だから、若だんなの頼みを聞き、上野まで来てくれた妖達のことを、守るくらいはしなければと思う。若だんなが腹をくくった時、足音は皆がいる板間の側まで近づいてきた。皆の目が、同じ方を向いている。

秋英が立ち上がり、無言で部屋の入り口へ急いだ。障子の戸を開けた時、妖達が揃って背筋を伸ばすのが見えた。

開け放った戸の向こうに、仁吉と佐助、二人の兄やの姿があった。

7

若だんなは、酷く不思議な思いに駆られていた。

寛朝が居たからか、兄や達は癇癪を、いきなり皆へ向けはしなかった。

ただ、集まった一同に目を向けた後、若だんなが温かい布団の内におり、ちゃんと薬湯を貰っている事は最初に確かめた。するとその後、怒りも騒ぎもせず、まずは僧二人から事情を聞いたのだ。

それから二人は、長崎屋の妖達としばし話をした。何故だか老々丸と笹丸の事を、話しながら、ちらちらと見ているので、若だんなは酷く気になった。

(何で皆、妖狐の二人を見るんだろう)

その後、更に魂消る事になった。兄や達は若だんなを迎えに来たかと思ったのに、長崎屋へ直ぐに帰れとは言わなかったのだ。その上二人は、田貫屋を取り戻すのに、力を貸すとも言い出した。

「えっ……」

若だんなは初めてのことに、声が出ない。寛朝が横で、涙を流さんばかりに喜んでいた。

「何と、本当にありがたい話だ。二人がいれば、きっと金印は……いや、田貫屋は帰ってくる。うむ、広徳寺は感謝するぞ」

寛朝は満面の笑みだし、老々丸に至っては、感激で泣きそうになっていた。

老々丸は己達の事を、更に詳しく話した。そして、病の若だんなの夢へ入り込んだ事を謝った後、兄や達へ深く深く頭を下げる。

「仁吉さん、お前様が、長くおぎん様のお供をしていたという、白沢さんだよね。王子稲荷の狐達から、話は聞いてる。ああ、会いたいと思ってたんだ」

孫である若だんなと、長年の知り人仁吉、この二人から頼んでもらえば、笹丸は荼枳尼天の庭へ、行けるかも知れないと言うのだ。

すると仁吉も佐助もそこで、またちらりと笹丸へ目をやった。二人は目を合わせ、僅かに唇を噛んだのが分かった。

(えっ？　今の素振りの意味って、何なんだろう)

佐助は静かな声で、老々丸の望みについては、田貫屋を取り戻した後、話をすればいいと話している。老々丸は納得し、田貫屋の為に頑張ると言った。

頷いた兄や達は次に、直歳寮に集まった者達を、幾つかの組に分けたいと言い出した。

「これから田貫屋を探しに行くにしても、一人で行っては、どうしたらいいか困る事もあるでしょう。三人程の組に分かれて下さい」

屛風のぞき、おしろ、鈴彦姫、金次、鳴家達に場久、兄や二人が長崎屋の面々だ。

それに老々丸と笹丸、秋英が加わり、四つ程組が出来る。同道出来ない若だんなが眉尻を下げると、その分、自分達が活躍すると、鳴家達がきゅい、きゅわ、声を上げた。

「大丈夫、鳴家は沢山食べられる」

「おい、何を食う気なんだ？」

唸りつつも屏風のぞきは、小鬼達を己の組に入れる。四つの組が、この後何をするのか兄や達へ問うと、佐助は遠慮なく、怖い事を言い出した。

「坊様が田貫屋さんを連れ出したとしたら、飲み込んでいる金印が欲しいからでしょう。ですが、僧は肉をさばく事に慣れていない」

ならば、どうするか。おそらく慣れた者に、田貫屋を狸として差し出し、肉にして貰おうとする筈と言うのだ。

「きゃーっ、妖殺しっ、怖いですっ」

鈴彦姫が顔を引きつらせる中、仁吉はきっぱりと告げた。

「おそらく行き先は、ももんじ屋です」

薬食いだと称し獣の肉を売る店は、実は江戸に多くある。仁吉は僧が、田貫屋を狸として縛り上げ、そこへ行っただろうと踏んだのだ。

「店は方々の町にあるはずです。広徳寺から行きやすい所と言うと、蔵前か、両国の盛り場辺りでしょう」

手分けして店を見て歩いてくれと、兄や達が言う。皆がさっと頷き、互いの行き先を決めつつ、直歳寮から離れて行った。

さすがに、直歳寮を空にする訳にはいかず、寛朝は寺に残り、皆からの知らせを待つ事になった。仁吉は佐助と組み、小鬼を何匹か連れて行くことにしたが、その前に若だんなへ、特製の薬を残して行くと、薬湯を煎じにかかる。

他の皆が板間から消える頃、直歳寮に煎じ薬の匂いが満ちた。若だんなはこの時、火鉢の傍らで薬を作る仁吉の顔を、覗き込んでみた。

「あの、聞いて良い？」

「はい？　熱が高くなってきたんですか？　苦しくなってきましたか？」

ならば、もっと薬湯を濃くしなくてはと、仁吉は言う。若だんなは静かに問うた。

「皆、笹丸の何を気にしているの？」

仁吉、佐助だけでなく、残っていた寛朝も、床から身を起こした若だんなを見てくる。だが、誰も答えてくれないので、若だんなは言葉を重ねた。

「笹丸が妖として、弱ってきてることは承知してるよ。自分達で言ってたもの」

それゆえに老々丸は、笹丸を荼枳尼天の庭へ行かせたくて、若だんなの所へ来たのだ。

「でも、だからって兄や達まで、何で酷く笹丸を気にしているの？」

もちろん、兄やが祖母おぎんへ、話を通してくれれば、笹丸や老々丸は喜ぶだろう。だが兄や達が、夢内へ勝手に入り込んだ笹丸や老々丸を、怒鳴りもせず、もの柔らかに接している訳が、どうも分からない。

分からないから若だんなは、何か怖いように思えるのだ。そして。

「訳を聞いても、教えてくれないのは、どうして？」

寛朝が一寸、若だんなの方を見たが、やはり口を開かなかった。代わりに兄や達を見たので、観念したかのように、仁吉が薬缶を置き、じき、口を開く。

若だんなを真っ直ぐ見ると、仁吉は誤魔化す事なく、大事な事を話してきた。

「笹丸は、もう妖として持ちません」

「持たない？　うん、具合が悪いよね」

「茶枳尼天様の庭へ行っても、笹丸は己を、保つ事が出来ないでしょう。それくらい、力を失ってます」

妖ならば、それが分かる。何故なら笹丸は化けても、狐と人の姿が、二重になって見えていたのだ。

「あ、私もそれは見たけど」

そんなに危うい事だったのかと、若だんなが顔を強ばらせる。ここで佐助が、低い声で言った。

「笹丸は、もう化けるくらいしか、出来る事がありません。なのに、化けた姿すら保てないのは、妖として、明日を越す力がなくなってきた証（あかし）です」

若だんなも承知の通り、妖には寿命はない。だが、命を失うことはあるのだ。その日は、妖が、妖としての力を失った時にやってくる。つまり。

「笹丸は、程なくこの世から消えるのです」

おそらく老々丸も、そのことを承知している。だから、今は笹丸の好きなことをさせる為、江戸へ来ているのだ。

「茶枳尼天様の庭へ行く為じゃ、ないの？」

「それは、口実でしょう。本気でそう願っているなら、王子の神社に居続けている筈です。おぎん様は、居場所が分からない。王子の化け狐から茶枳尼天様に、直（じか）にお願いした方が早い」

だが北の化け狐二人は、江戸の、長崎屋へ来た。その訳は。寛朝がふいに語った。

「先に、笹丸が己で言っておったな。あの子は初午祭りの日、若だんなに優しくされて、それはそれは嬉しかったのだ」

　また会いたいと願っていた。それが、妖の力を伸ばす事に必死で、余り遊んでこなかった笹丸の、唯一、心の底から願った事だったのだろう。

　小さな小さな狐が、初めて抱いた思いであったのだろうと、仁吉が続けた。

「だから老々丸は強引に、若だんなの夢内に現れたんだと思います。そして笹丸の様子に気がついた妖達は、怒りを引っ込めました」

　妖は、傍らに居る仲間が、目の前から失せてしまうことに、慣れていないのだ。一旦妖となり、力を蓄えた者は、そう早くは消えたりしないものであった。

「若だんなもまだ、長崎屋の妖を、失ったことはないでしょう？」

　もちろん長崎屋の周りに、この世から消えた妖が居なかった訳ではない。例えば、桜の花びらであった小紅など、長崎屋に現れた後、あっという間に散ってしまったのだ。

「ですが花びらの妖は、元からあの運を背負って生まれた者です。弱って消えた訳ではありません」

　だから、若だんなが嘆きを知るのは、これからだろうと兄や達は言う。

「笹丸は……明日にも、消えるかも知れないの？」

いや、もう直歳寮には、帰ってこないかもしれない。だから妖達は、老々丸に力を貸した。化け狸が老々丸と語りたがっていたのも、笹丸の話だろう。そして、兄や達は笹丸のこれからを見て取り、怒りを抑えた。

もし、病の若だんなを疲れさせたと言って、今仁吉達が、笹丸達を叱り、その後、直ぐにこの世から消えてしまったら。若だんなは後々までその事を、悔やむに違いないからだ。

「だから皆は、今の笹丸に、とても優しいんだ」

ということは。

「笹丸を助けるすべは、もう無いんだね……」

小狐の妖はじき、若だんなの前から消えてしまうのだ。若だんなが言葉を失うと、ここで寛朝が、優しく言ってくる。

「しかし若だんなに会えて、話せて、笹丸は嬉しそうだったではないか。今、皆と田貫屋を取り戻しに行っている笹丸は、とても幸せなのかも知れん」

もう笹丸に、生き延びる為、頑張れと説教してくる者はいないのだ。寛朝は、若だんなに一つ頼んできた。

「笹丸が帰ってきたら、役に立ったと褒めてやってくれ」

他の誰から褒められるより、若だんなから優しい言葉を貰うのが、嬉しいに違いない。そう言われて、若だんなは唇を噛んでから頷いた。

「そうですよね。明るく褒めた方が良いんだ。間違っても、涙なんか見せちゃ駄目なんだ」

笹丸は今、守られたいのではなく、立派に役に立ったと言われたいだろうから。全く使えない者ではなかったと、思いたいだろうから。

頷くと、兄や二人は、そろそろ出かけると言う。その背を、床内から見送ろうとしたところ、何と小鬼達が、表から飛び込んできた。早、帰ってきたのだ。

「きゅい、兄やさん達、大当たり」

「きょわっ、田貫屋さん、いたっ」

「両国のもんじ屋に、吊り下げられてた。笹丸が見つけたっ」

小狐は、遠慮などしなかった。さっさと店へ入ると、田貫屋を縛っている縄を切って、自分は逃げ出したのだ。

もちろん、田貫屋も遁走した。店に吊されていた狸がまだ生きていたので、客達は、魂消ていたらしい。

「ももんじ屋、大騒ぎっ」

「きょべ、店奥に居た、坊さんも騒いだ」

寛朝が、直歳寮で溜息をつく。

「坊主の身で、ももんじ屋に出入りをしておる者がいたのか。それを恥じぬのか」

ならば金印を手に入れる為に、殺生をするのも厭わないだろうと、寛朝は漏らす。

「秋英さんと金次達、坊さんのこと、追っかけてる。捕まえるって」

他の妖達はじき、広徳寺へ帰ってくるだろうと言う。

「笹丸のお手柄を祝って、立派だったと言わなきゃ。田貫屋さんが無事に戻ったら、それもおめでたい話だし」

するとと兄や達が、では祝いの準備をしましょうと言ってくる。寛朝が笑って、直歳寮で祝おうと言ったので、小鬼達が長崎屋へ戻り、他の妖らも呼んでくることになった。

「今日は、皆で楽しく騒ごう。ああ、稲荷寿司も、用意したいな。笹丸は好きだと思う」

今日が笹丸にとって、最後の祝いの席になってしまうかも知れない。若だんなは、思わず溢れそうになってきた涙を、ぐっと押しとどめ、笑った。

今日ばかりは、具合が悪くても、祝いの席で皆といたい。だからよく効く薬湯をよろしくと、若だんなは仁吉へ頼んだ。

「分かりました。任せて下さい。今日一日くらいは起きていられるよう、気合いを入れて、特別の一服を作ります」

「あの、その、飲めるものにしてね」

若だんなが思わずひるみ、鳴家達が楽しげな声を上げる。やっと、顔のこわばりが解(ほど)けてきたと思った時、表から駆け込んでくる妖達の足音が、直歳寮へ届いてきた。

笹丸は、楽しい宴(うたげ)の最後の方で、まるで初めからそこには居なかったかのように、消えた。

助けてくれた恩人を失い、しゃくり上げた田貫屋が、口から金印を吐いた。

その後、一人になった老々丸と、妻を失っていた田貫屋は、田貫屋の店で暫く一緒に暮らす事になった。二人で思い出を語る日がくれば、少しずつ、また歩み始める事が出来るだろうと、寛朝は喜んだ。

「ならお二人とも、長崎屋にも来て下さい」

若だんなが誘うと、また宴会が出来ると、妖達が喜んだ。だが、直ぐに皆、泣きだしてしまい、直歳寮の内が、号泣に満ちる。もう我慢して、笹丸に笑みを見せる必要もないのだと思うと、若だんなも泣いてしまい、その涙を止められなくなってしまった。

笹丸が消えた時、妖達も、その場にいたのだ。失う事が、どんなに悲しいか、知ってしまったのだ。

「きゅんいーっ、なんで、なんで？」

長崎屋の皆は、その後暫く、部屋で急に振り向くようになった。若だんなの姿を探し、見つけては、ほっとしているので、兄や達に溜息をつかれていた。

せいぞろい

1

江戸は通町にある廻船問屋兼薬種問屋、長崎屋の夫婦は、一人息子の若だんな一太郎に甘いことで、近隣の皆に知られている。

何しろ売り物である上物の砂糖では、とても甘さが敵わないと、大真面目に言われているのだ。江戸で、子に甘い親番付が出たら、東の一番、大関間違い無しだと、周囲は得心していた。

するとある日、長崎屋のおかみ、おたえが、またもや子に甘い所を見せ、近所に新しい噂を流した。

「お前さん、一太郎が生まれた日を、祝いたいと思うんですけど」

母屋の奥の間で、亭主に突然そう言い、話した時にはもう、祝いの算段をつけようとしていた。主の藤兵衛は、さすがに目を丸くすることになった。

「おたえ、生まれた日と言うけれど、月の大小とか、暦は毎年違うんだよ。あの子が生まれた年と今年は、月が違うかも知れないが、大丈夫かい?」

「あらお前さん、そういえば、そうですねえ。その月が二十九日の小の月か、三十日の大の月か、どちらになるかは、年によって変わります。分かり辛いわ。誰が決めたのかしら」

その上、二、三年に一度は、閏月という十三番目の月が、ひと月加えられたりするから、更にややこしい。

「閏月を入れないと、季節が暦と違ってきてしまうんだそうだ。そうなったら、田畑を耕す人が困ってしまうからね。閏月があるのは、仕方が無いんだよ」

藤兵衛にそう言われれば、おたえも素直に頷く。ただ。

「生まれを祝おうとすると、困ると思うんだけど。皆さん、どうなすってるのかしら」

藤兵衛が困ったように笑った。

「正月になると、皆一緒に一つ、年を取るからね。それで間に合わせてるんじゃないかい」

すると長火鉢の傍らで、それでは一太郎が可哀想だと、おたえが言い出した。正月の祝いと、誕生の祝いを、一回で済ませることになるからだ。

「お前さん、生まれた日にちは、多少ずれても構わないと思うんですよ。肝心なのは、一太郎が無事に育ってくれた事ですもの」

「ああ、そうだね。ならとにかく、あの子のお祝いをしようか」

藤兵衛は、妻のおたえにもひたすら優しかったから、あっさり祝い事が決まった。もっとも、寝込みがちな若だんなの祝いだから、遠出して騒ぐという話にはならない。それでもおたえと藤兵衛は、嬉しそうにやりたいことを挙げていった。

「お前さん、一太郎に新しい着物を見立ててあげたいわ。越後屋へ行かなきゃ」

藤兵衛も一緒に行き、親子で着物を仕立てたいとおたえが言うと、これには藤兵衛も嬉しげな顔になった。

「その日は夕餉に、ご馳走を用意しよう。ああ、せっかくだから奉公人達にも一品……いや二品くらい、美味しいものを出そうか。一太郎の誕生の日を、一緒に祝って貰いたいからね」

長崎屋は平素から、奉公人の食事が良いと言われているが、それでも二品ご馳走が増える日は、そうあるものではない。廻船問屋と薬種問屋の奉公人達は、小躍りするほど喜び、大いに若だんなを祝う事になった。

若だんなの乳母、おくま自慢の一品、鰯の梅干し煮が出るとか、芋の煮転ばしも、どっさり出してもらえるとか、奉公人は楽しげに噂している。

そして、若だんながおたえと買い物に行った日、魚屋が本当に沢山の鰯を運んできた。夕餉には、何と酒まで一本膳に付くと言われ、長崎屋の内は沸き立ったのだ。

「我らが若だんなの為に、大いに祝います」

奉公人達は真実、飯が美味くて勤めやすい長崎屋が、長く続くことを願っていた。だから、いつもより早めに店を閉め、祝いの膳を囲むと、皆、本当に楽しい夕べを過ごす事が出来たのだ。

「鰯、美味いです。梅干しが効いてる」

数え切れない程寝込んでも、若だんなはちゃんと、毎回床上げしている。いずれ、立派な着物を着て、株仲間の付き合いに、顔を出すようになるだろうと話が続いた。

「店が続く事が、一番大事さ」

酒が出たのだから、飲んでいる奉公人達が、少しばかり声を大きくしても、止める者はいない。主夫婦や若だんなは、奥でご馳走を食べ、奉公人達は、気楽で楽しい時を過ごしたのだ。

ただ。

母屋で食べていた若だんなは、親と楽しく話しつつ、時々天井や離れへ、目を向けるようになった。

(妖達が、何か話してるみたいだ)

近く遠く、人ならぬもの達の声が聞こえ続け、若だんなはそれが、いささか心配になっていた。今回の祝いで妖達は、祝いに加われる者と、顔を出せない者に分かれてしまったのだ。

(兄やと、屏風のぞき、金次は奉公人だから、祝いの膳を囲めてるんだけど)

だが、いつも離れで宴会をするときは、当然集まる大勢が、一緒に集えなかった。人に見えない小鬼の鳴家達など、若だんなの袖内にも入れなかったのだ。若だんなは今回、両親の直ぐ傍らで食べるからと、兄や達が小鬼を止めていた。

大妖おぎんの血を引き、妖が見えるおたえはともかく、藤兵衛は人ならぬ者がいると思っていない。小鬼が騒ぐのは拙いのだ。

「きゅんいーっ、ご飯ないっ、お菓子もないっ。お腹すいたっ」

鳴家達は天井へ登ると大勢で騒ぎ、残りの妖達は、事情を分かっていたから、一軒家へ行ってしまった。兄や達も、屏風のぞき達も母屋へ来ていたから、祝いの間中、離れは珍しくも、がらんと人気のない場所になっていたのだ。

一日が、母屋の皆の笑みと共に終わり、二親へ感謝を告げて離れへ帰ると、若だんなは、いつもより少し、ひやっとする離れの様子に、眉尻を下げた。

すると布団を敷き、薬湯の用意をした兄や達が、若だんなの様子を見て優しい顔を見せた。そして傍らへ来ると、巾着を一つ側に置いてきたのだ。

「今回の祝い、若だんなも店の奉公人達も、楽しんだようで良うございました」

だが妖達は、少し寂しい思いをしたようだ。小鬼など、はっきりと空腹を訴えていた。

「ならば、です」

若だんなの祝いの席を、妖達と、もう一度開くことにしてはどうか。巾着の中の金子はその為のものだと、兄や達は言ってくる。若だんなは、少し戸惑った。

「二度目の宴なんて、取って付けたもののようだけど。皆は、喜んでくれるかな」

すると答えは、思わぬ方から返ってきた。

「もちろんだよ。あたしらはお祝い、大好きさ。今日は奉公人として母屋にいたんで、大して騒げなかったんだ」

返事をしたのは兄や達ではなく、離れへ帰ってきた屏風のぞきであった。

「奉公人の格好じゃ、酒も存分に飲めなかったし。金次なんか、酒をお茶みたいに飲み干しちまって。それきり、お代わりがなかったんで、首を傾げてたよ」

それで宴が終わった後、奉公人二人は、一軒家へ行ったのだ。

「妖達が飲んでいるかと思ったのに。皆、早々に寝てた」

屏風のぞきは草臥れ、離れへ帰ってきたが、金次は今一人、夜通し開いている居酒屋へ、飲みに行ったという。

「だから、妖達で祝いをするって話、あたしはとても嬉しい。小さな宴でもいいんだ」

若だんなは頷くと、ほっとした心持ちになって、とりあえず今日は布団に潜り込む。兄や達が明かりを落とし部屋から出ると、屏風のぞきも屏風に戻ったのか、声が聞こえなくなった。

すると、ここでようよう、鳴家達が天井に現れた気配がし、降りてくるのが分かった。小鬼達は、まずは金子の袋の方へ行き、お菓子ではない事を確かめた後、ぞろぞろと皆で、若だんなのいる布団の中へ潜り込んできた。

2

翌日の昼、一軒家で妖達が、話し合いを持った。

先程離れで若だんなから、妖による祝いを開くのはどうかなと言われ、金子を貰ったからだ。妖達はさっそく長火鉢の前へ座ると、まず、おしろと鈴彦姫が首を傾げた。

「あの、若だんなは昨日一度、お祝いしてますよね。それに加われなかったからって、あたし達がまた、誕生の日を祝ってもいいもんでしょうか？」

するとそこへ、昼餉を一軒家で食べると言い、屏風のぞきと金次が守狐と共に、話に加わってきた。屏風のぞきは、手にした差し入れの稲荷寿司を鳴家達に齧られつつ、皆へ昨日の話を告げる。宴を開いたら妖達が喜ぶかどうか、若だんなが気にしていたと言ったのだ。

「あたしらが若だんなを、心配させちゃいけないよ。うん、だから妖達は素直に、飲んで食って、楽しめばいいと思う」

「きゅんいー、鳴家は食べる。お菓子も欲しい」

妖達は、やっといつものように明るい顔になると、直ぐに今回、どういう宴を行うく。

か、真剣なる話し合いに入った。おしろや場久、鈴彦姫が、まずは場所から決めてゆ

「宴会の場は、いつもの離れがいいと思います」

具合が悪くなったら、若だんなが直ぐに、横になれるからだ。おしろの言葉に場久が頷くと、ならば並のものにはなるが、鍋を用意しようかと口にした。

「小鬼達は、沢山食べたいだろうし、葱鮪鍋はどうかな。酒の肴にもなりますよ」

「鈴彦姫は賛成です。鮪は安い上に、美味しいし、若だんなも好きです」

皆は、貰った金子の額を確かめると、お酒と玉子焼き、大根の味噌がけを揃えることにした。それに幾らか菓子を添えるのだ。

「酒はたっぷり欲しいですし、こんなところでしょう」

昼餉の稲荷寿司が無くなり、小鬼達がつまらなそうにし始めた頃、金次と屏風のぞきは店へ戻った。金次はその時、貧乏神の持ち金を届けるから、宴では羊羹を棹で買っておいてくれと言い置いた。

「若だんなの誕生を祝うって言うのに、母屋の祝いじゃ、羊羹を丸ごと食べられなかったんだ。すっきりしないんだよ」

小鬼達もきっと食べたがるので、沢山欲しいと言うのだ。おしろが、自分達も羊羹

を食べたいと言うと、貧乏神は笑い、重い巾着を届けると約束して消えた。

「金次さん、もし余ったら、金は好きに使ってくれと言ってましたね。巾着袋に、どっさりお金を詰め込んでくれると思います」

鈴彦姫は、金子に余裕ができそうなので、三春屋で売っている、栄吉の辛あられも買いたいと言い出した。

「きゅい、鳴家も食べる」

すると守狐達が腕を組み、ある決断をした。

「辛あられは、つまみに向いてますよね。今回は若だんなの祝いですし、上等の酒を回してくれるよう、王子の狐達に頼んでみましょうか」

王子には、管狐も住んでいる。その妖と親しい天狗、六鬼坊が、黄唐久待という銘酒を時々運んでくるので、分けて貰おうと守狐は言うのだ。

「あの酒、本当に美味いんです。王子の狐達も管狐も大好きだから、若だんなの祝いとかでないと、たっぷり分けて貰えないんですよ」

妖達は深く頷いた。

「ならば是非今回は、王子のお酒を、都合して頂きましょう」

「きゅわ、お酒？」

「小鬼は黄唐久待、飲まないように。お酒と味醂の違い、よく分かってないでしょう？」

「きゅべ、守狐、酔っ払うの、面白い」

「味醂でも酔えるから、おしろが用意しておきますよ。甘くて美味しいです」

すると、小鬼だけでなく日限の親分にも、酒に目を付けられてはいけないと、守狐が言いだした。

「親分が昨日、長崎屋へ来てたんですよ。何でも、剣呑な盗人が商家を狙ったとかで、知らせる為に、店へ寄ったんだとか」

日本橋の両替屋勝時屋から、千両箱が盗まれたらしい。長どすなど使う剣呑な賊が、江戸に現れたのだ。

しかし岡っ引きの本当の用は、若だんなを言祝ぎ、金子入りのおひねりを貰う事だと、守狐は言い切った。実際親分は仁吉から、抜け目なく金子を貰っていたのだ。

「分かりました、親分に宴の話はしません」

妖達が頷く。今回は、妖だけが集う小さな宴にして、存分に楽しむのだ。

「あと、必要な物は何かしら」

鈴彦姫は、部屋の火鉢にたっぷり炭をくべ、暖かくしたいと言った。火鉢があれば、鍋を温めてもおける。佐助へ頼んで、いつもより沢山の炭を、運んでおく事になった。

「母屋の宴より、妖が開く離れの宴の方が、楽しかったと言われるようにしたいです」

守狐が言うと皆が頷き、宴の事は早々に決まって行く。ただ祝う日は、金次が大好きな羊羹を手に入れてから決めようと、場久が言い出した。

「せっかく金を出してくれたんだ。なのに万一、お気に入りの羊羹が売り切れで無かったら、貧乏神、がっかりするからな」

今から羊羹を頼みに行くから、ちょいと待ってくれと、場久は腰を上げる。

「羊羹を買う為の前金は、兄や達がくれた分から、一旦出しておくよ」

場久が表へ踏み出した後ろで、他の妖達が、火鉢や炭、円座の用意を始めた。

場久は通町に出ると、首を僅かに捻った。

「さて、金次が今、気に入ってる羊羹の店は、どこだったかな」

貧乏神は幾つかの羊羹を試しているので、ちょいと迷うのだ。だが、安野屋だろうと見当を付け、足を北へ向ける。通町は今日も賑やかで、場久は菓子屋以外の店へも、つい目を向けた。

祝いの席なのだ。若だんなの為に何か購おうかと考えていた時、場久は人通りの多い道で、不意に声を掛けられた。

「場久さん、お急ぎですね。これから高座に出るんですか？」

声の方へ目を向けると、河童が、人の姿で笑い掛けてきた。

「杉戸です。覚えておいでですか？　関八州の河童の親分、禰々子姉さんの一の子分です」

「おお、お元気でしたか」

杉戸は禰々子からの文など、長崎屋に届けてくる、馴染みの河童であった。場久が、若だんなの誕生日を祝う宴の為、羊羹を買いに行くと言うと、杉戸は目を輝かせた。

「何と、若だんなの祝いをするんですか。なら是非うちの親分も、顔を出させて下さい」

運の良い事に、禰々子は今、利根川を離れ、江戸にいるという。江戸の堀川に住む手下の河童と、猫又が金の事で揉めた為、その話を収めに来ているのだ。

「おお、禰々子親分が来て下さるとは、ありがたい申し出です。是非おいで下さい」

河童の大親分、禰々子の来訪を断るなど、思いも寄らない事だから、客が増える事になった。すると、この時道ばたから、別の声が聞こえてくる。
「おやまぁ、長崎屋さんの祝いに割り込むなど、河童は相変わらず図々しいですな。
山と飲み食いして、長崎屋さんに、金の迷惑を掛けなきゃいいんだが」
目を向けると、戸塚の宿で、猫又の長をやっている虎が、顔を向けてきていた。
「何と虎さんも、江戸においでだったんですか」
「猫又と河童の揉め事に、河童の大親分が口を挟むと聞いたんでね。なら猫又の方も
味方を集めたいと、急ぎの文が来たんだ」
相手が禰々子ゆえ、猫又の長、虎が戸塚から行くことになった。虎は話し合いの為、
杉戸を探していたところだという。
「しかし、河童が若だんなの宴に出るなら、猫又も行かなきゃならんな」
でないと、猫又の方が軽んじられていると、一門が思ってしまうという。
「へっ？」
場久は目を白黒させる事になった。猫又のおしろが長崎屋の家作、一軒家に住んで
いるように、長崎屋は猫又とも縁が深い。長である虎が来ると言えば、もちろん宴へ
招く事になる。そうに決まっている。
だが……双方を招くと、離れへ河童と猫又の諍いを、持ち込みそうで恐い。場久は

ここで、総身(そうみ)に力を入れ言ってみた。

「もちろん虎殿も歓迎いたします。しますが……宴は、祝いの席なんです。もしおいでになるなら、宴の前に河童と仲直りをして下さいな」

でなければ若だんなが心配する。毅然(きぜん)とした態度で言ってみると、河童と猫又は顔を見合わせ、渋々頷いた。だが、承知した端(はな)から、河童は一言付け加えてくる。

「場久さん、猫又さんが誤解してるんで、話しときますね。河童は長崎屋で、ただで飲み食いなどしません。禰々子の姉さんは気前よく、祝いの金を贈って下さいますとも」

今回も江戸へ、千両箱を持参していると言うと、猫又が横で口を歪(ゆが)める。

「ほお、その金だがね、元々、人の金じゃないのか？　それも、賊が店から奪った金だ」

川の深い底へ、賊が隠しておいた千両箱を、河童が手に入れたと、猫又は聞いているのだ。そして今回の揉め事は、その金が元になっているとも言われていた。

「江戸で奉公している猫又が、最初に見つけたのに、堀川に潜れなかった。それで河童に、全部奪われてしまったんだとさ」

すると杉戸が言い返す。

「猫又が川で、金を見つけた事は本当だ。猫又は川底へ潜れないから、河童へ場所を教えてくれたのだ。礼は十分渡したぞ」

しかし川底から拾った箱には、そもそも大した金は入ってなかったから、礼の額も多くはなかった。ところが猫又は、河童が誤魔化したと言い出し、喧嘩になったのだ。

杉戸は眉を吊り上げ、猫又を睨み付けた。

「禰々子姉さんが持ってる大金は、姉さんのことが大好きな利根川、坂東太郎に貰ったものですよ」

若だんなの祝いへ顔を出すなら、猫又は河童を、盗人呼ばわりしてはいけないと、杉戸は念を押してくる。

「禰々子姉さんの前で、そんな阿呆な言葉を口にしたら、江戸の外へ投げ飛ばされるぞ」

「ふん、猫又は強いんだよ」

「あ、あの。だから喧嘩は止めて下さいな」

場久が慌てて止めに入ると、どちらも一旦引き、虎が二股の尻尾をしゅっと振った。

「いやいや、宴を開いてくださる長崎屋さんに、気を遣わせてはいけませんな。もちろん、仲良くしますよ」

それから二人は場久へ、宿の場所を告げ、日時と場所を知らせてくれと言って、賑わう江戸の町へ消えて行ったのだ。

場久は言葉も無く、通りを遠ざかる妖らの背を見送った。振り売りや武家、おなごや子供や商人達が周りを流れていく中、暫く立ちすくむ事になった。

「河童と猫又が、若だんなの祝いに顔を出すと決まった。まだ羊羹を買ってもいないのに、客の数を増やしちまった」

何か妙な事になってきたと、場久は顔を顰める。

「禰々子さんと虎さん、まさか長崎屋で喧嘩などしないよな。大丈夫だよね？」

不安が積み重なっていく。

「それと鍋の数、足りるだろうか。河童と猫又、両方が離れに集うとなると、場所、狭くないかな」

万一、部屋から客が溢れたら、離れにある兄や達の部屋を、空けてもらうしかない。

「そんなこと頼んだら、兄やさん達に叱られるかもしれないぞ」

頼むのは怖いが、禰々子親分や虎を、粗略には出来ない。色々心配が募ってくる。

「皆、宴会で楽しく食べて、思う存分飲む気になっているのに、酒の黄唐久待だって、足りなくなりそうで怖くないか？　羊羹は十分用意出来るかな」

場久は菓子屋へ急ぎつつ、溜息を漏らした。

3

若だんなが離れで岡っ引きと話していると、場久が姿を見せてきた。珍しくも母屋の方から出てきたので、若だんなは話を止め、場久へ声を掛ける。

「場久、羊羹を買いに行ったんだって？　ご苦労様。ああ、店に余り置いていなくて、注文してきたんだね」

若だんなは優しく語り掛けたが、場久は何故だか、母屋へ行っていた事情を口にしない。その代わりに目が、馴染みの岡っ引きを見たので、若だんなは少し首を傾げた。

(おや、日限の親分とは顔見知りなのに。場久は何で、緊張した顔をしてるんだろ)

ここで親分が、のんびりと話を継いでくる。

「おや、若だんなが、菓子を沢山買うとは珍しいね。食が進むとは良いことだな」

「いえ親分、もちろん私一人が食べるんじゃないんですよ」

若だんなが宴の事を言いかけた時、何故だか場久が、首を絞められたような声を出す。

（あれ？　場久ったら、どうかしたのかしら）

見れば悪夢を食べる妖は、何故だかしきりと瞬きをしている。若だんなは岡っ引きの傍らで、言葉を止めた。

（もしかしたら宴のこと、親分に言っちゃ駄目なのかな）

妖の中には、人の姿になれない者もいる。もし親分が祝いに来たいと言ったら、そういう者達はくつろげなかろう。若だんなは得心すると、そのうち親分にも羊羹をお裾分けしますねと言い、話を終わらせた。

親分は頷くと、また、今日の用件を語り出した。岡っ引きの話は、珍しくも真剣で剣呑なものであったのだ。

「それで若だんな、さっきも言った通り、今、ろくでもねえ盗人が、江戸へ来てる。そしてな、そいつらは一旦盗んだ大枚を、無くしちまったらしい」

何故それが分かったかというと、当の盗人が、二度目に押し入った先で話したからだ。

「その盗人達、両替屋勝時屋へ押し入った後、勝時屋の通い番頭の長屋にも現れたんだ」

その押し込みのおかげで、奉行所は盗人達の事情を摑む事になった。

「盗人の一人が、昨日、自分達から奪った金を出せと、番頭へ言ったとか」

どうやら盗みをした時、せっかく手に入れた千両箱を、誰かにかすめ取られてしまったらしい。千両箱を、誰なら盗めたかという話になったのだろう、勝時屋の通い番頭は、賊の上前(うわまえ)をはねた当人ではないかと疑われたのだ。

「ただね、番頭の住まいは六畳一間に、小さな土間があるばかり。賊達は直ぐ家の中を調べつくし、通い番頭の家に金が無い事を、確かめちまった」

賊は長屋から消え、刃物を突きつけられた番頭は、震えていたのだ。日限の親分は、若だんなと場久の方へ、ぐぐっと身を乗り出した。

「だから若だんなも、当分の間、気をつけてくんな。賊はこの長崎屋へも、押し入って来るかもしれねえ」

「えっ？　うちも心配した方がいいんですか？」

「長崎屋さんも、勝時屋と取引があると聞いたよ。賊は、縁があるからと、通い番頭を疑った。縁がある長崎屋も用心が肝心だ」

「まあ、為替(かわせ)を送るくらいのことはしますが。大きな取引はないんですよ」

その時廊下から、心配げな声が聞こえてくる。

「若だんな、物騒な賊が現れたんですね。なら、暫くは他出をしないで下さい」

離れへ来たのは仁吉で、茶と饅頭(まんじゅう)を出すと、親分の方など見もせず、若だんなへ念押ししてくる。その上、驚く言葉が続いたので、若だんなと場久は顔を強(こわ)ばらせた。

「若だんな、こうなったら祝いの宴も、止めた方が良いと思いますが」

「仁吉、どうして？　離れで楽しむくらい、いつもやってる事じゃないか」

「おやおや、若だんなは羊羹を、宴で食べる気だったんだね」

日限の親分が納得する横で、仁吉は厳しい顔つきを崩さなかった。

「先程場久が、宴に禰々子さんなど、余所(よそ)の御仁(ごじん)を招いたと言ってきました」

それを知らせる為、場久は先に、母屋へ顔を出していたのだ。

「ですが、そうなるとお客に紛れ、物騒な盗人が長崎屋へ来るかも知れません。宴会、止めた方が良いですよ」

途端、河童や猫又を招いた場久が、涙目になってしまう。それを見た日限の親分が、明るく笑い出した。

「仁吉さん、宴会を突然止めにしたら、楽しみにしてた皆が、可哀想じゃないか」

心配は要らないから宴は開けばいいと、親分は胸を張って言葉を続ける。

「おれがその宴に出て、若だんなを守ってやるからさ。うん、たまたま宴の事を耳に出来て、良かった。若だんな、おれに任せな」

「あの、その」

若だんなは隣で、更に顔を強ばらせた場久へ目を向け、言葉を濁した。直ぐに天井が軋み出したから、屋根裏で小鬼達が、騒ぎ出したのが分かる。

(やっぱり……宴では、妖達だけで集まって、羽目を外す気だったんだろうな)

なのに親分が加わると言うので、鳴家達は屋根裏で走り出したのだ。

「若だんな、遠慮なんかしなくていいぞ。おれも酒が飲めて、嬉しいからな」

だが宴を開くなら、親分を招かねばならないらしい。

(離れた部屋を用意するとか、何とか手を打とう)

若だんなは諦めると、気になった賊の事を親分へ問うた。

「賊はどうして、勝時屋さんの千両箱にこだわるんでしょう。千両以上の品でも、入ってたんですか?」

大店へ押し入るような賊なら、無くした金を探すより、次の押し込みをしそうに思えたのだ。すると親分は首を横に振った。

「ここだけの話だがね。盗まれた勝時屋さんの千両箱にゃ、三百両程しか入ってなかったんだ」

「えっ? 三百両ですか」

実は勝時屋の奥にある、蔵の錠前は破られなかった。賊は両替屋へ押し入ると、店表にあった千両箱のみ奪い、疾く消えたのだ。

自身番へ届ける間すらなかったが、勝時屋では、誰も傷つけられなかった。主はほっとしているとの言葉に、仁吉が頷く。

「賊は賢い判断をしたようだ。これで賊が、江戸から早々に出ていたなら、上手くやったと言う者すら、いたでしょう」

三百両程が失せても、大店の両替屋、勝時屋は揺るがない。そして江戸から出た賊を追い、町方同心が他国へ行くこともないのだ。それは同心に許された職務ではなかった。

「手際の良い賊さ。他でも盗めそうに思うが、どうして勝時屋の金にこだわるのかね」

日限の親分は大真面目に話した後、若だんなの方を向いた。

「で、若だんな、宴会はいつ開くんだい？」

「それは、これから決めようと思ってまして」

「うちの手下達にも、心づもりってもんがある。早めに知らせてくんな」

日限の親分が部屋から出て行くと、天井がまた軋み、場久が傍らで項垂れる。

（やれやれ。宴で小鬼達が、親分達に悪さをしなきゃいいけど）

宴の客が増えたので、若だんなはとりあえず、金子を余分に渡すことにした。

4

昼時一軒家に、おしろ、場久、鈴彦姫、守狐に鳴家達が集った。そして揃って、厳しい顔つきになっていた。

若だんなの為の宴は、長崎屋にいる妖達だけが出る、小さな宴になるはずだった。ところがその心づもりが、いつの間にか変わってしまったのだ。

場久が板間で、申し訳ないと皆へ告げる。

「客人として、河童と猫又が加わりました。羊羹を買いに行った時、双方と行き合ったんですが、断る事ができなくて」

河童の大親分と猫又の長を、呼んでくれと言われたからだ。そして何故だか、日限の親分までもが手下達を連れ、やってくる気でいる事を、場久は付け加えた。

「親分は既に、兄やさんと話をつけています。だから親分が宴に来る事も、決まりです」

気がつくと、大勢の客が来る事になってしまったのだ。すると次は守狐が、先程届いた文を皆へ見せ、更なる危機を伝える。

「私は王子へ文を出し、銘酒、黄唐久待を融通して欲しいと頼みました。すると天狗の六鬼坊さんが、お酒を届けるだけでなく、宴へ出たいという返事を寄越したんですよ」

天狗を招かなかったら、多分、黄唐久待は手に入らない。よって守狐は天狗達に、もちろんおいで下さいと、既に返事を書いた。つまり客は、更に増えるのだ。

「離れに、入りきらないのではと思います。兄やさん達の部屋を空けてもらっても、無理じゃないでしょうか」

客に来て貰うだけでなく、料理や酒、火鉢なども、畳の上に並べなければならないからだ。鈴彦姫が頭の鈴を振って、溜息を漏らした。

「場所は、変えるしかないと思います。あの、ならこの一軒家で開くのは、どうでしょう」

一軒家には、手習い所でも開けるような、広い板間があるのだ。いざとなったら一階のおしろの部屋も二階の二間も、宴に使えばいい。

幸い、若だんなも金を託してくれたので、金子の心配はしなくても良かった。

「場久さん、お客が増えても、金次さんは羊羹、棹ごと食べられますよ」

「それは嬉しいですね。鈴彦姫、宴はそうでなくては」

「きゅい？　何で羊羹食べるのに、棹、使うの？　舟、出すの？」

とにかく妖一同は、宴の場所が決まった事にほっとし、食い物や酒について話し始めた。それから場所と日時を決める為、若だんなと一度、話すことにした。

「昼餉に若だんなを呼んで、その時話しちゃどうですかね？」

おしろが言うと、小鬼が母屋へと走る。すると、店表で奉公している屏風のぞきと金次が、佐助から若だんなの昼餉を渡されたと言って、一軒家へ持ってきた。

「皆の分もあるな。若だんなもじきに、薬種問屋から来るよ」

金次が鍋を、丸火鉢へ置く。木のふたを取ると、湯気が立った。

「今日は軍鶏(シャモ)鍋だ。おお、こりゃ美味そうだ」

そこへ、表から足音が聞こえてきたので、若だんなが来たかと皆が目を向ける。

だが驚いたことに、現れたのは、知らぬ顔だった。ごつい男と背の高い男が、招かれてもいないのに、一軒家へ入り込んできたのだ。

「あの、どなたですか？」

おしろは一応、丁寧に声を掛けたが、二人組は、目にした妖の不機嫌など気にもしない様子で、一軒家の内を眺め回す。屏風のぞきが、声を険のあるものにした。

「おい、名乗れよ」

すると、ごつい男と背の高い男は名乗らないまま、思わぬ一言を告げてきた。

「ここに、勝時屋の者が来たか？」

どう見ても偉そうな態度で、妖達がいよいよ不機嫌な顔になる。

「きゅい、ここ一軒家」

鳴家が勝手に返答をすると、どこから声がしてるんだと、男らは妖達を睨み付けた。

「本当の事を言いなよ。この家は長崎屋のもんだし、長崎屋は勝時屋と取引がある。だから我らの千両箱が、ここにあるんだろうと考えてるんだ」

勝時屋の千両箱の話が出て、現れた二人は人相が良くないだけでなく、大いに剣呑な者達なのだと分かる。妖であれば、影内へ逃げる事は出来るが、一軒家の側には長屋があり、誰にどこから見られているか分からない。

それに、そろそろ若だんなが現れる時であった。皆が逃げると、若だんなが男どもと、三人きりになりかねない。

「拙いな。そう、兄やさん達を呼ばなきゃ」

「守狐、間に合わないだろっ」

場久が慌てている間に、ごつい男が、隠し事はするなと、おしろの着物を掴む。ぎゅぴーっと、甲高い鳴家の悲鳴が、板間に響き渡った。

その時だ。大きな影があらわれ、げっという声が聞こえた途端、剣呑な男達は二人とも一軒家から消えた。二人は一寸のうちに、一軒家の側にある、長屋の屋根の上を飛んでいったのだ。

皆が魂消る中、鳴家達だけが思わぬ助っ人を前に、楽しげに声を上げた。

「きゅい、たーまやー」

「小鬼、花火じゃなく、人が空へ上がっても、〝たまや〟なのか？」

「屛風のぞきは、〝かぎや〟が好き？」

付喪神と鳴家が揉める横で、場久が、男達を殴り飛ばした相手へ笑い掛けた。

「六鬼坊さん、お久しぶりです。助けて頂いて、ありがとうございました」

「あ奴らは、猫又へ摑みかかっておった。ろくでもない者だと分かったのでな、一発お見舞いした」

六鬼坊は今日、宴の酒を運んできたと言い、小さな庭に置いた大きな樽二つを指す。長崎屋の離れの近くから、悲鳴が聞こえたので、一軒家の方へ来てみたというのだ。

「しかし、さっきの男達や勝時屋とは、どういう者なのだ？　宴へ来る客なのだろうか」

　あんな無礼者が来ては、宴がつまらなくなると天狗が言う。金次は、男達が消えた空へ苦笑を向けた。

「あの男らだけどね、長崎屋の客じゃあない。両替屋から千両箱を盗んだ、賊だ」

「ほお、賊とな。ならば貧乏神殿、殴って良かったんだな」

　屏風のぞきがここで、賊は盗んだ千両箱を盗られたので、探しているのだと告げた。

　すると天狗は酒を家の内へ運びつつ、首を傾げる。

「どういう者なら、賊から千両箱を巻き上げられるのかのぉ」

　金次がへらへらと笑った。

「あたしの考えじゃ、賊の上前をはねたのは、すぐ側にいる者だな。例えば賊の仲間だ」

　そういう者でないと、賊達の戦利品に、手を出す事など叶わないからだ。

「あの盗人、長崎屋へ来る前に、それくらい思い至るべきだな」

　六鬼坊は頷き、賊も消えたから、自分はこの後、多くの樽酒を運んでくると告げた。今回の宴には、酒が沢山いるからだと言う。

　すると場久が、首を傾げた。

「今回六鬼坊殿に、そんなにも沢山の酒をお願いしたとは、聞いておりませんでした。ご迷惑をおかけしたのでは？」

六鬼坊はにこりと笑い、気にしなくとも良いと言う。そして、長崎屋の妖達が魂消るような話を、付け足してきた。

「王子で、長崎屋の宴の話が出た時だ。するとだ、友である管狐の黄唐が、久々に王子を離れ、宴に出たいと言ってな」

「きゅげ？　管狐？」

「そうしたところ、他の管狐も行きたいと言い出した。よって王子の化け狐達も管狐の付き添いで、長崎屋の宴に出る事になったのだ」

高名な扇屋の玉子焼きを土産にする為、狐達は既に、沢山注文していたという。

「美味いものが集まる、賑やかな宴になるな。それで、たっぷり飲む為、持ち込む酒樽を増やすことにしたわけだ」

長崎屋の妖達は、揃って顔を強ばらせた。既に河童と猫又と、岡っ引き達が宴に出ると決まっている。そこへ天狗が加わり、宴の場所が、一軒家に移ったのだ。

ところが一軒家の宴に、更に管狐と、王子の化け狐達もやってくるという。狐達は数が多い。場久の声が震えた。

「六鬼坊さん、長崎屋へ知らせも入れず、勝手に決めちゃ……」

すると場久のつぶやきを、おしろが慌てた顔で止めた。

「しいっ。場久さん、そんな言葉を、六鬼坊さんの前で言わないで下さい」

六鬼坊は天狗であった。そして寛永寺の名僧、寿真のただ一人の弟子黒羽も、実は天狗なのだ。寿真は広徳寺の高僧、寛朝と親しいし、その寛朝は、若だんなと縁が深かった。

「妖と天狗方が揉めたら、若だんなが困っちまいますよ」

「ああ、そうだよね。確かに」

だが……天狗に文句を言わずにいても、問題が無くなることはなかった。気がつけば一軒家ですら、宴には狭くなっていたのだ。

「おしろさん、どうしよう。客達がくつろげるだけの広さを、どこで見つけたらいいんだ」

「きゅんべ？」

その上、こうも客が増えると、火鉢や椀に箸、酒杯など、あれもこれも足りない。

何もかもが不足して、とても宴どころではなくなってきているのだ。

妖達は、飛んで消えた賊の事などそっちのけで、強ばった顔を互いへ向けていた。

5

翌日、離れにいつもの妖達と若だんなが集った。

若だんなは長火鉢の脇に座って、時々軋む天井を見ている。妖達はその傍らに集まり、大人しく座っていた。そして仁吉と佐助は、皆の前に立ち、低い声で話し始めた。

「若だんなの為の宴だが、とんでもなく客が増え、皆は頭を抱えているようだな」

すると妖達が、我が意を得たと一斉に頷く。場久が、心底困った顔で語り出した。

「兄やさん達も、心配してくれてるんですね。そうなんです。宴に来る客人方が、それはもう、沢山になっちまって」

すると屛風のぞきも、おしろや鈴彦姫も、金次までもが、口々に話し始めた。

天狗も猫又も河童も、急に顔を出す事になった。だが、来てくれるなと言える相手ではない。岡っ引きは、来るなと言っても来てしまうだろう。管狐と、化け狐もいる。

「ですから、助けて頂きたいんです。我らは宴、どうやって開いたらいいんでしょうか」

大真面目な妖達の顔が、若だんなと兄や達を見つめてくる。

「大体何で、こうもお客達が、増えちまったんでしょう。おまけに皆さん、したたま飲んで食べる気なんですよ」

すると、立っている仁吉と佐助の顔つきが、怖いものになった。

「妖（あやかし）達は、何を考えているんだ！」

仁吉に睨み付けられ、佐助に不機嫌な声を出され、妖達が震えて黙る。すると兄や（にい）二人は更に、強い言葉を重ねた。

「今回の宴、誰のため、何故開くのか言ってみな」

「佐助さん、それは……若だんなの誕生した日を、祝うって話だったと思います」

「鈴彦姫、そうだよな？」

若だんなは既に一度、両親や長崎屋の奉公人達と、誕生の日を祝っている。そして、その宴に加われなかった皆を思い、もう一度妖達と祝おうと、若だんなと兄や達で決めたのだ。

そしてだ。

「賊らしき男らが、一軒家へ来たというじゃないか。なのにお前達は、若だんなの事を心配するより、客の数と、宴の場所ばかり案じている」

今の妖達に大事なのは、飲み食いすることのようだ。若だんなではなく、他の妖達をもてなすための宴みたいに思える。

兄や達からそう言い切られて、部屋内の妖達は、身を小さくしてしまった。

「そ、それは……賊は天狗の六鬼坊さんが、直ぐにやっつけてくれたからだよ。もう若だんなは、賊を心配しなくても良いんだ」

屏風のぞきが慌ててそう言ったところ、佐助がごつんと、その頭へ拳固を降らせた。妖が、頭を両の手で押さえ、泣きべそをかいたので、若だんなが急ぎ声を挟み、兄やを止める。

「佐助、悪いのは賊なのに、妖達を怒っちゃ可哀想だよ」

「若だんな、屏風のぞきが、暢気な事を言うからです」

賊は、大店である勝時屋へ押し入って、千両箱を盗んでいる。

「そんな賊が、二人きりの筈はないんです」

つまり妖達ときたら、都合の悪い事は考えないようにしていると言うのだ。若だんなは、賊が他にも居るだろうとは言った。だが。

「祝いの宴と賊とは、切り離して考えよう」

賊は、今度関わってきたら捕らえられるよう、考えておけばいい。若だんながそう言うと、兄や達が深く頷く。

「そうですね。きっちり罠を作っておきましょう」

そして賊と確かめた輩は、全員を海まで投げ飛ばすと兄や達が言いきる。若だんなは、賊がまた来ないことを切に願ってから、妖達の方を向いた。そして、にこりと笑い掛ける。

「祝いの宴のことだけど。もう、沢山の御仁を招いているんだよね。でも、皆が集える広い場所がなくて、困ってるわけだ」

長崎屋の妖達が、揃って強く頷く。

「本当に悩んでます。長崎屋の妖と、天狗と猫又と河童、日限の親分達、それに管狐と化け狐が集えなかったら、どうしましょう。胃の腑に穴が開きそうです」

金次が、金をかき集めるから、料理屋へ行ってはどうかと言ったらしいが、今回の宴に来るのは、ほとんどが妖達なのだ。

「全員が人に、上手く化けられるわけじゃありません。王子の管狐など、賑やかな江戸の宴に、慣れていない妖も来ます。やはり料理屋は無理だと、諦めました」

ここでおしろが、溜息を漏らした。

「火鉢と鍋と小皿、箸、ぐい飲み、ちろり、円座、椀、あれもこれも、数が足りません」

若だんなも深く頷いた。

「色々大変だ。宴をすることで、皆に心配をかけちゃいけないね」

妖達や、兄やの目が集まる中、若だんなは火鉢の猫板に湯飲みを置いてから、落ち着いて口を開いた。既に一つ、場所を思いついていた。

「それでね、今回ほど集う面々が多いと、長崎屋や料理屋に集まるのは、無理だと思う」

ならば、どうするか。

「私は、広徳寺の寛朝様を頼っては、どうかと思うんだけど」

長崎屋の離れが、寸の間、静まった。それから、山のような話し声が部屋に満ちる。

「寺で宴を開くんですか？」

「坊様が、承知するんですか？」

「寄進すれば大丈夫かも。でも、とんでもなく高いかも知れませんよ」

「寛朝様も、宴に加わるんですか？」

すると、ここで佐助がさっと腕を横に振り、妖達が、ぴたりと黙り込む。佐助は若だんなの方を向くと、静かな声で言った。

「若だんな、今回の宴は、妖らの人数が多過ぎます」

離れにも、とても入りきらない数の妖達が集うのだ。

「今回ばかりは、寛朝様でも承知なさるかどうか、分かりませんよ」

妖退治で知られる広徳寺であっても、妖が見える僧は、寛朝と秋英(しゅうえい)だけだ。他の僧達にとって、妖とは百鬼(ひゃっき)の仲間、怪しく恐ろしい者達に違いない。

「その妖達に、寺で大きな宴を開かせてくれと言うのは、無謀かと思いますが」

若だんなも頷く。だから、一つ奥の手を考えていた。

「今回、寛永寺の寿真様も、お招きしたらどうかと思うんだ。そうすれば、弟子の黒羽さんも顔を出せるし、仲間の天狗方とも会えるしね」

そして寛朝や他の僧達も、寿真が来るとなれば、広徳寺での宴を許してくれるに違いないと思う。寿真は見た目も功績も素晴らしい、江戸でも名の知れた名僧なのだ。

すると仁吉が腕組みをして、唇を尖(とが)らせる。

「寿真様がご立派で、寛朝様も尊敬なすっておいでの方だという事に、文句はございません。ですが肝心の寿真様を、どうやって動かすおつもりですか？」

あの名僧は結構頑固で、見目よりずっと恐ろしい御坊(ごぼう)だと、仁吉は言い切る。

「妖のお楽しみの為に呼びつけても、広徳寺へ来て下さるとは思えませんが」

「うん。私もそう思う。けれど、名僧寿真様は、堅いばかりの方でもないと思う。例えば、広い寛永寺の屋根へ登って、一杯やるのがお好きだし」

　そして、そして。寿真は月下で酒を飲みつつ、肥前国の唐墨を食べるのが、それはそれはお好きだと黒羽から聞いていた。

「だけど、唐墨は精進物でない上、安い品でもないんだ」

　そして立派な寿真は、金子があっても、助けを求める者へ、つい懐の金子を回してしまうそうだ。すると若だんなの話を聞いていた兄や達が、怖いような笑みを浮かべた。

「なるほど。寿真様は、大好きな唐墨をなかなか食べられない訳ですね」

ならば、たまには寛永寺から出て、銘酒黄唐久待で一杯やってはどうかと誘いたくなる。広徳寺の大屋根で、唐墨を肴に、寛朝や黒羽と語らうわけだ。

　仁吉が頷くと、佐助が笑った。廻船問屋長崎屋は、西国と商いをしている。

「今、長崎屋の河岸の蔵には、西国の港から運んだ唐墨の荷が、たっぷり入ってます」

　誘われれば、多分名僧は広徳寺へ来るだろう。そして寿真が喜ぶと知れば、寛朝は宴を承知してくれるに違いない。妖達は、満面に笑みを浮かべた。

「話を直ぐに、広徳寺へ伝えてみましょう。何とかなるかも知れませんね」

ここで守狐達が、寺への使いを買って出ると、肥前国の唐墨を少し融通してもらった。そして何故だか先に寛永寺へ行くと、唐墨を差し出し、まず寿真を口説き落としにかかったのだ。すると。

「妖の宴とな。見てみたいのぉ」

思いがけない程あっさり、寿真が広徳寺行きを承諾したので、次に、やはり唐墨を貰った寛朝が、宴を開いてもいいと言ってくれた。長崎屋の妖達は両の手を上へ挙げ、胸をなで下ろしたのだ。

若だんなと兄や達は、金子が足りなかろうと、更に余分に妖達に渡した。

「良かった。後はご馳走を整えて、皆さんと、若だんなの事を祝うだけです」

「あのな、まだ賊達が捕まっていないぞ。寺で派手に騒いだら、今度は広徳寺に千両箱があるかと勘違いして、賊が来るかもしれん」

兄や達は真面目に言ったが、屏風のぞきも鈴彦姫もおしろも、既にほっとした顔になっている。きっと寺で一日、楽しい日を送れるだろうと、皆は明るい声を出していた。

「きゅんいーっ、賊のご飯も、鳴家が全部食べる」

「確かに小鬼達なら、食っちまいそうだな」

とにかく妖達は、ひたすら楽しむ為に、せっせと宴の用意を続けた。

だが、しかし。

宴をいつ、どこで開くかを客人達へ伝えたところ、思わぬ事になった。妖達の開く宴は、いっかな落ち着いてはくれなかった。

6

宴で、広徳寺の直歳寮(しっすいりょう)を借りると決まると、若だんな達は寛朝の弟子秋英と、まめに文を交わす事になった。当日まで、色々用意する事があったからだ。

すると秋英はある日、長崎屋への文に、思わぬ悩みを書いて寄越した。

「今回は寿真様も寛朝様も、月の下で存分に唐墨を食べることを、楽しみにしておいでです」

妖と若だんなは、離れで頷く。

「月下の大屋根の上で、御坊方が酒を酌(く)み交わすんだ。いいねえ、私も屋根で、唐墨を一口齧(かじ)りたいよ」

兄や達の顔に笑みが浮かんだが、妖達は、渋い顔で口を挟んでくる。

「きゅい、若だんな、屋根に登ったら、落ちちゃう」

「若だんな、落ちて足を折ったら痛いですよ。首を折ったら、幽霊の仲間入りです」

「おしろ、そんな物騒な心配をしなくたって大丈夫だよ」

だが、離れに集まった妖達は、勝手に物騒な話を続けてゆく。

「若だんなの首が折れたら、妖になれるよう、大急ぎで死神と話を付ける事になります。おや、死神は今、どこにいるんでしょう」

「守狐、勝手に殺さないでおくれ」

若だんなは溜息を漏らしつつ、秋英の文へ目を戻した。

「宴の支度は、生真面目な秋英さんが広徳寺にいるから、滞りなく進んでいるはずだよね」

しかし秋英は、寺が騒ぎに包まれていると書き綴っていた。皆が一斉に顔を顰める。

「何と！　今、秋英を困らせているのは、広徳寺の坊様達なんだ」

「きゅい、何で？」

すると屏風のぞきが、口をへの字にする。

「なるほど、坊さん達も、屋根に登りたいんだ。場久、あの高名な寿真様と一杯やりながら、珍味を食べたいのさ」

「秋英さん、相手が同じ寺の御坊だから、強く言えず、困ってるみたいですね」

広徳寺の屋根は、僧達が大勢登れる程広い。しかしそれでも、気軽に登れる場所ではなかった。

「寿真様は屋根へ登るのに慣れてるし、寛朝様だけなら、万一落ちても、天狗である弟子、黒羽さんが助けます」

若だんなが本当に屋根へ上がったら、もちろん長崎屋の妖達が、若だんなを守る。しかしだ。

「宴の間、屋根に登った坊様全員を守る事は、誰にも出来ないと、秋英さんは思ってるみたいですね」

「まあ、確かにそうだわな」

金次が苦笑を浮かべた。

宴が始まれば早々に、妖達は酔っ払う。つまり僧の誰かが屋根から落ちそうになっても、ぐうぐうと寝ているかもしれないのだ。若だんなは頭を抱えた。

「さて、どうやったら、坊様達に身を引いて頂き、秋英さんがほっとできるかな」

すると兄や達が現れ、宴へ向かう日の特別な薬湯(やくとう)を勧めつつ、広徳寺での揉(も)め事は放っておけばいいと口にした。

「若だんな、御坊方ですが、自分一人では、堂宇を登る事など出来ないと思います。大屋根へ行き着けないなら、落ちることもありませんよ」

「あ、耳が痛い。私も同じだね」

だがそれでは、寿真達が降りるまで、僧達は屋根を見続けるだろうし、秋英は気を揉み続ける事になるだろう。

「寿真様は何度も、一人で屋根へ上がっているようだ。本当に身軽な方だよね」

するとここで貧乏神が、にたりと笑い、案を一つ出して来た。

「ひゃひゃっ、あたしによい考えがあるよ。聞くかい？」

実は先日天狗と、寺の大屋根で一杯飲むという話をしたとき、天狗が言い出したことがあるという。

「うん、貧乏神は頼りになるもの。話して」

若だんなから言われ、金次は満足げに頷く。そして部屋内の皆へ、とんでもない話をしてきた。

「屋根で飲み食いしたい坊さん達は、沢山いそうだ。ならば勝負をして、勝った者一人だけ、屋根へ上げるってぇのはどうかね？」

勝ち負けがはっきりしていれば、屋根へ行けなかった僧達からも文句は出まいと、金次は言ったのだ。

「金次、どういう勝負をする気なの？」

公平な勝負でなければ、関わった者に不満が残ってしまう。危ない事だと、秋英へ勧めることが出来ない。

するとと金次は、へらへらと勝負事を語った。

「勝時屋が盗られ、更に盗人が失った千両箱を、宴が始まるまでに取り戻すこと。見つかれば寿真様が話を聞きたいと、喜んで屋根へ迎えてくれるさ」

取り返した千両箱を開けば、賊から箱を奪った者は誰かとか、どうして賊が盗んだ箱に執着したかも、分かるかもしれない。

「おや、それは面白そうな案だ」

ここで、己も千両箱を探したいという妖達が現れ、何と兄や達までが頷く。

「勝時屋の千両箱を餌に出来れば、長崎屋へちょっかいを出した馬鹿な賊を、さっさと片付けられそうです」

「おおっ、なら賊を捕らえることも、今回の競争に入れるかい？　ひゃひゃっ、大騒ぎだね」

「ちょ、ちょっと待った！」

若だんなが大急ぎで、その言葉を止めた。仁吉と佐助は、若だんなが関わる件になると、不意にとんでもない事を言い出すから、用心が必要だとつくづく思う。

「宴に賊を関わらせるなんて、とんでもない。御坊達に迷惑を掛けてしまうよ」

寺の僧が千両箱を探したら、きっと広徳寺による賊狩りの噂が流れる。そんな話を聞いたら、そもそも千両箱を賊から盗んだのは僧だと、賊が思いかねない。

「賊の方から、寺へ攻め込んで来かねないよ」

だから、そんな危ない話を口にしては駄目だと、若だんなは釘を刺した。盛り上がり始めていた妖達は、渋々口をつぐむ。

「なら若だんな、屋根に登りたい御坊方を、どうやって静かにさせる気だい？」

若だんなは一寸考えた後、籤を引いてもらおうと言ってみた。当たったら、大屋根へ登れるわけだ。

「こよりで作れば、直ぐに用意できるから」

残りは直歳寮で、楽しく過ごせるようにしようと思う。

「そうだ、もし場久が良いと言うなら、寺で一席、怪談を語ってもらうのもいいね」

ここでようよう、心配げな顔ばかりしていた場久が、嬉しげな様子になった。

「あ、あたし、話しますよ。語るのが好きだから、噺家になったんですし」

大勢が集まる宴で怪談を聞かせるのは、楽しかろうと言う。

「長崎屋以外の妖達には、あまり話した事がなかったし。ええ、一度聞いて貰いたいです」

妖達が、やっと賊を捕らえる以外のお楽しみについて語り出したので、若だんなはほっとする。ただここで、金次が困ったようにつぶやいたので、思わず貧乏神の顔を見た。

「若だんな、長崎屋の妖達は、盗まれた千両箱を探す勝負をしたがってた。多分他の妖達も、そのうち勝手に探しかねないぞ」

面白そうだからだ。そしてそうなったら、皆が集まる寺はやはり、賊から目を付けられる。

「賊達、宴の日に来なきゃ良いがね」

そういう日は守りが緩いから、災難がやってきやすいのだ。金次の言葉はその通りで、若だんなは大いに不安になると、長崎屋の妖達へ問うた。

「賊は怖いもの。皆は、無茶なんかしないよね？　しないでね」

しかし、誰も返事をしてくれなかった。

7

とにかく広徳寺の直歳寮で、長崎屋の宴が開かれる日になった。

若だんなは寝込まず、熱も出さず、更に、賊に襲われてもいなかった。無事に朝、起きたので、妖達から褒められた。

皆は早くから舟で広徳寺へ行き、先に運んでいた以外のご馳走やお菓子、酒などを、直歳寮の板間へ持ち込む。今日は、直歳寮の僧達も、支度の手伝いをしてくれる事になっており、墨染めの衣姿や、作務衣（さむえ）姿の者達が、庭と直歳寮を行き来していた。

宴には、魚や卵などが大好きな妖達と、精進物を食べる僧達、両方が顔を出すので、気がつけば料理は、山のように増えていた。

「何しろ、長崎屋の店で開いた宴より、賑（にぎ）やかにしないといけませんからね」

「きゅげ？　おしろ、何で？」

「妖の意地です。まず鍋（なべ）は、葱鮪（ねぎま）鍋と湯豆腐です」

守狐や猫又達が、火鉢を直歳寮の板間へ置いて回り、大きな鍋をその上へ並べていく。僧達の席近くには、湯豆腐が置かれた。

その傍らには精進揚げや、がんもどきの含め煮、大根湯なますが並ぶ。だが直ぐ、おしろが首を傾げた。

「あれ、白和えはどこでしょう?」

誰も返事が出来なかったので、鈴彦姫は他の料理を運んだ。

「葱鮪鍋の脇には、扇屋の高名な玉子焼き、鯛の丸揚げ煮、刺身、蒲鉾を並べます」

ご飯物はやなり稲荷に、漬物の押寿司、それに鯛飯だ。

「場久さんと屛風のぞきさんが、胡麻豆腐や田楽を作りました。あら、その二つは、どこへ置いたのかしら」

人手が多いから、置く部屋を間違えたのか、見つからない。それでも味噌漬け豆腐、香の物、辛あられもあるから、板間は賑やかになった。甘い羊羹と、広徳寺が差し入れた上菓子が横に並べられ、金次が笑う。

「こりゃいいや。これだけ揃えれば、客人が山と来ようと、大丈夫だ」

妖達が、嬉しげに顔を見合わせている。そこに天狗の六鬼坊が、仲間の天狗達と、今日も大樽の酒を持って現れた。妖や僧達が一斉に庭へ出て迎えると、六鬼坊が自慢げに話し出した。

「酒は銘酒、黄唐久待だ。安い居酒屋の酒のように、水で薄めるようなことは、しておらぬでな。かなり強いぞ。慣れておらぬ者は、時々水を飲みつつ飲むように」

僧衣の皆が、嬉しげな顔になった。

「おお、飲むのに気合いが要る般若湯ですな」

その時だ。兄や達が直歳寮の屋根を指さすので、若だんなが庭で顔をあげる。すると大屋根に早くも、高僧と名僧が現れているのが目に入った。二人は時折手を振りつつ、下を眺めていたのだ。

佐助が、瓦の屋根を仰ぎ見る。

「妖や僧が入り交じって、宴の支度をしている様子が、面白いのでしょう。寿真様、寛朝様を連れ、さっさと屋根へ行かれるとは、本当に慣れておいでですね」

「お客方が揃って宴を開くまで、まだ少し間がありそうだ。大屋根に座っているだけじゃ、御坊方も寒いよ。お酒と、お重に詰めた料理を、先に屋根の上へ届けよう」

「きょんげー、若だんな、鳴家が届ける。料理食べる」

「お重を、小さい鳴家が運ぶのは無理だ。こら、ごねるんじゃない。この屏風のぞきは、意地悪で言ったんじゃないぞ」

結局、師僧と一緒に居たいだろうからと、二人の弟子が酒や肴を持ち、高い堂宇の屋根へと上がっていった。仁吉はちゃんと、寿真が楽しみにしていた唐墨を添え、妖達は、羨ましそうに上を見上げている。

「うん、あの高い所へ行くのはいいな。貧乏神も、登ってみたいぞ」

「河童も」「猫又も」「管狐も」

「ぎょべ、鳴家、食べたい」

皆が己の本性を語り出したので、日限の親分がまだ来ていない事に、若だんなはほっとする。するとここで佐助までが、屋根の上を気にした。

「若だんな、黒羽さんが屋根に着いたみたいですが、不忍池の方をしきりと指してますよ」

表に何か、現れたのかも知れないという。だが、若だんなは眉尻を下げた。

「えっ？　そう言われても、私には庭からじゃ、何も見えないよ。不忍池は遠いし」

小鬼達が首を傾げ、ぴょんと堂宇へ飛びつくと、ひさしの端までよじ登った。その後、素早く降りてくると、黒羽が気にした物を話し出す。

「若だんな、堀に舟、三艘」

不忍池と広徳寺の間には、北へ抜ける堀川がある。そこに、舟が並んでいるというのだ。

「おや、日限の親分達が来たのかな？　まだ現れていない、河童の親分かな？」

小鬼達は、とんでもない言葉を足した。

「舟に、親分いない。賊、いる。ごつい男と背の高い男の、ごつい方」

「鳴家や、先に一軒家に来た賊が、上野の舟にいたの？」

若だんなが驚いて問うと、小鬼達は首を縦に振る。ただ三艘の舟に、他に人は居ないようであった。

「きゅい、賊、少ない」

「三艘舟を使って動いたんだから、賊が一人きりということはないよね。残りはどこに行ったんだろう。まさか、この広徳寺を狙っているとか？」

若だんなは不安を覚えたが、妖達は平気な様子だ。

今日は強い兄や二人と、天狗達と、戦いに遠慮のない猫又、河童がいる。おまけに、広徳寺には影が沢山ある。いざとなれば妖達は、逃げ込めるからだ。

（だけど、御坊や作務衣姿の御仁達は、賊は怖いよね）

万一の時は、妖達の後ろに隠れて欲しいと、僧や作務衣姿の皆へ、伝えておこうとした。だが、僧は見かけても、作務衣姿の皆が居ない。若だんなは僧達へ、作務衣の御仁達の居場所を問うた。

すると僧達が、首を傾げる。

「今日、広徳寺の僧は、全員僧衣を着ております。長崎屋さんの宴へ招かれておりますのに、作務衣姿で直歳寮へ来る者はおりません」

「えっ？　でも藍染(あいぞ)めの作務衣姿の方を、庭で見ましたが。広徳寺の方かと思ってました」

「作務衣の方達は、長崎屋さんのお客様なのでは？　皆さん、知らぬ方々でした」

この時、おしろと鈴彦姫が顔を見合わせた。

「あの、先程妙な事がありました。白和えが消えました」

「胡麻豆腐と田楽も、無くなってます」

「きゅんげ？」

「妙な者が、寺へ入り込んでおるのではないか？　ならば今、どこにいる？」

六鬼坊が、直歳寮の屋根にいる黒羽へ声を向ける。すると天狗である僧は、直歳寮の横手にある、小さな堂を指さした。

「作務衣姿は、あちらに入ったと思う」

妖達が一斉に、その堂へと走ってゆく。止める間も無く、守狐が戸を開けた途端、とんでもないものが目に入って、狐達は立ちすくんでしまった。

「背の高い男！　一軒家へ来た賊だ」

招かれてもいない男が、何人もの手下達と、宴の為の料理を食べていたのだ。そして、思わぬ者達も堂にいた。

堂にいる賊の手下達は、何と、まだ来ていないと思っていた、日限の親分達を捕らえ、どすを突きつけていたのだ。馴染みの岡っ引きは心配だし、料理を奪われた妖達からは怒りが伝わってきて、若だんなは目眩を感じてしまった。

（妖達は酒肴を盗られ、大事な宴を邪魔されて、もの凄く怒ってる。日限の親分なんか、目に入ってないみたいだ）

だからといって、この場で、妖と賊達の戦いに、なだれ込む訳にはいかない。親分達の身が危うくなるし、怒った妖達が本性を現したら、長崎屋を巻き込んだ騒ぎになるからだ。

（どうしよう。どうしたらいい？）

ここで、賊の方が先に話し出した。やはりと言おうか、賊を捕らえようという天狗の思いつきが、伝わっていたらしい。賊は怒りと共に、広徳寺へ来ていた。

「この宴を仕切ってる頭は誰だ？　お前さん達、千両箱をかすめ取り、しかもこのおれ達を、捕まえる気なんだってな？」

兄や達が、溜息を漏らした。

「そんな面倒くさいことは、やってませんよ」

「人が盗んだものを、奪おうなんてぇのは、嫌なやり方さ。まずは、千両箱から返して貰おうか」

途端、日限の親分の事など、さっぱり考えてない貧乏神が、賊へ勝手に問いを向けた。

「あのさ、両替屋へ押し込めるような賊が、三百両しか入ってなかった千両箱に、何で執着するんだ？　訳が分からないや」

賊が黙ったまま恐い顔つきになったので、若だんなは慌てて金次へ事情を告げた。賊がここまでやるのだ。事情を思い付いていた。

「金次、あの人達は多分、金にこだわってる訳じゃないんだ。お金だったらきっと、また盗む腕はあるだろうからね」

「ほお、分かってるじゃねえか」

背の高い賊が、にたりと笑う。

「若だんな、ならどうして、広徳寺にまで押しかけてきて、おしろさんの白和えを食ってるんだい？　あれ、美味いんだよ」

「金次、千両箱を盗んだ後、きっと金以外の大事な物を、箱へ入れたんだ。三百両しか入っていなかったから、箱はかなり空いていた筈だもの。物入れに使ったんだと思う」

「は？　若だんな、盗人が盗ったばかりの千両箱へ、何を入れたっていうんだ？」

「それは……」

もしも若だんなが賊だったら、金より大事なものは、何だろう。真剣に考えてみると、幾つかある気はした。

「例えば証文とか、賊が使う符牒とかかな。大事で、取り返しがつかない物だ」

途端、境内からやりとりを見ていた化け狐や天狗が、若だんなを大いに褒めてくる。

「おお、さすがは、おぎん様の孫。若だんなは鋭いですな。あの賊の顔を見て下さい。きっと、大当たりだったんですよ」

その声が聞こえたのか、賊の頭が癇癪を起こし、早く千両箱を返せと凄んでくる。

若だんなは落ち着いて欲しいと告げてから、返せない事情を語った。

「お前さん達は、大事な物を入れた千両箱を、粗末にはしてなかった筈だよね？　私達が、盗れる訳がない。賊が盗んだ後の千両箱を、更に盗める者は、多くない筈だ」

「はあ？　ここにきて、盗ってないと言うのかい」

以前賊は、勝時屋の奉公人の長屋へ行っているが、その考えは正しいと、若だんなは続けた。奉公人なら盗れたかもしれないのだ。だが。

「奉公人の長屋に、千両箱は無かったんだよね？　なら、他に奪えた人は限られる」

城の北、広徳寺のある上野の辺りには、堀川は少ない。それでも今日、舟を使ったのだから、多分賊は、水路を使う事に慣れているのだろう。いつも舟で動くから、重い千両箱を盗んでも、今まで疾く逃げられたのだ。

そして盗みにゆくのは、まず夜に違いなかった。

「なら盗んだ千両箱を、舟に乗せたのも暗い中だ」

そしてそういう時なら、千両箱をすり替えられただろうと、若だんなは考えた。

「すり替える？　誰がだ？　何でだ？」

「賊の仲間じゃないと、舟には乗れないよね？　千両箱をすり替えたのも、その舟にいた仲間の一人だ」

予め空の千両箱を用意しておけば、難しい話ではない。

「皆が探すほど、大事な物が入っている千両箱だと、誰なら知ってた？」

若だんながそう問うと、妖達も賊も親分達も、食い入るように若だんなの事を見てくる。

「きっと今回は、千両箱が丸ごと消えたんじゃないよね？　奪った千両箱を確かめたら、中身が空になってたんじゃないの？」

もしそうなら、自分の考えが当たっていると、若だんなは賊へ言ってみる。すると背の高い男は、若だんなを怒鳴り始めた。

「馬鹿を言うな。おれ達のうちの、誰が仲間の物を盗んだって言うんだっ」

癇癪を起こし、まくし立ててきたから、何かを不安に思っているのだろう。するとここで、思わぬ方から声が掛かり、若だんなは直歳寮の大屋根へ目を向けた。

「若だんな、賊のうち、誰が勝時屋の千両箱を盗ったか、分かっておるのか？」

問うてきたのが寛朝だったから、若だんなは素直に答えた。盗んだ者の名前は、分かっていない。しかしだ。

「先程まで、その男がどこに居たのかは、知ってます。一人、乗ってきた舟に残っていた、賊じゃないかと思います」

「はっ？　猪吉だって言うのか？　まさかだね。違うね！」

頭は更にわめいたが、他の賊達が不安げな顔つきになっている。頭が不意に立ち上がり、証も無い事を言った阿呆は、岡っ引き共々、三枚下ろしにするぞと脅してきた。

するとこの時境内に明るい声がして、皆がそちらへ顔を向ける。

「何だか変に騒がしいねえ。宴だって聞いてきたんだけど」

「おや、禰々子親分、いらっしゃいませ。久しぶりにお会い出来て、嬉しいです」

「祝いの席だってぇのに、どすを振り回している馬鹿な賊が、来ているじゃないか」

だが若だんなを脅したのだから、直ぐに事は終わる筈と、禰々子は口にした。途端、賊の顔が、赤黒くなって、恐ろしく無謀にも、どすを握り直す。

「ほお、どうやっておれ達を黙らせようって言うのかね。聞きたいね」

「若だんなや、お客様を脅す者には、こうするんですよ」

そう口にしたのは仁吉で、臆せず、魂消る程早く近づくと、賊達の正面に立った。頭が顔を歪ませた途端、一撃で倒してしまった。

剣呑な仲間は十名近くいたのだが、そちらは騒いだ途端、佐助と他の妖達が片付けていた。

「今日は若だんなが、客人方を招いて開く宴なんです。邪魔はさせませんよ」

禰々子が直歳寮の前で、にっと笑う。

「佐助さんは、相変わらずやることがきっぱりしてる。いい男だねえ」

他の妖達が、河童の大親分禰々子の来訪に声を上げると、誰が来たのかと、縄をほどいて貰っている日限の親分達が、驚いた顔になっている。

ここで仁吉がにこりと笑い、小さな堂の内へ行くと、親分にまた、手柄を立てて貰いたいと言い出した。

「親分、せっかく手下方をお連れなんですから、残った一人、舟にいる賊も、捕まえちまって下さい。その後、こちらの賊達共々、親分が奉行所へ連れて行って下さらなきゃ」

賊に入られた両替屋の勝時屋から、大いに感謝されるだろうと仁吉が言うと、手下達が嬉しげな顔になる。人の良い日限の親分は、仁吉や佐助が賊を捕まえたんだろうと言ったが、二人は大真面目な顔で、手柄を辞退した。

「私達は、若だんなの側を離れる訳にはいきませんので。何しろ若だんなは、いつ、具合が悪くなるか分からないいんです」

「はは、分かったよ」

河童が一人、賊の舟へ案内にゆき、納得顔の親分が直歳寮から去る。すると、後は妖と、妖がいると承知の者だけが広徳寺に残り、宴は遠慮の要らない、大いに楽しめるものとなった。

「ふふふ、賊があっという間に捕まった。こりゃ、良いものを見せて貰ったよ」

寿真が大笑いし、今日は皆で楽しもうと、大屋根から言葉を向けてくる。

妖や僧達が、山とある料理の前へ座っていく。銘酒が振る舞われ、金次が、今日はまず、羊羹を棹で食べると言い切った。

二人の僧から承諾を貰ってから、寺の大屋根へ登る者を決める為の籤を、若だんなが見せる。だがこの時、小鬼達や天狗など、勝手に大屋根へ行ける者は、既に上を目指して屋根へ向かっていた。名僧、高僧が、人ならぬ者達と挨拶を交わし始めた。

禰々子や六鬼坊までが名僧達と話したいからと、籤引きを希望した。羊羹片手の金次が、場久が怪談を語ると皆へ告げる。嬉しげな妖達の声が上がり、若だんなの祝いの席が、賑やかになっていった。

遠方より来たる

1

江戸でも大店の建ち並ぶ通町に、驚くような噂が流れた。長崎屋の若だんなを、長い間診てくれていた源信医師が、突然、隠居をする事になったというのだ。

すると、長崎屋に縁のある妖が、早々に子細を掴んできたらしい。奉公人となっている妖、屏風のぞきが、店表で仁吉へ事情を語っていると聞き、若だんなは急ぎ、薬種問屋長崎屋へ顔を出した。

「屏風のぞき……じゃなかった、風野。源信先生が隠居するって、本当なの？」

妖は、帳場の側で深く頷く。

「先生は先日、大八車の荷崩れに巻き込まれて、足を折ったんだってさ」

すると長崎屋にいたお客らも、薬を後回しにして、話に加わってくる。仁吉が困って、屏風のぞきに仕事へ戻るように言ったが、若だんなが傍らにいるからか、妖はお構いなしに話を続けた。

「源信先生だけど、おかみさんを亡くしてるし、もう若くはないだろ。だからこの機に隠居して、娘さんの側で暮らすことにしたんだってさ」

子供は娘一人で、品川の裕福な宿屋に嫁いでおり、孫もいる。近所に良き医者がいないとかで、婿が、名医の舅を歓迎した。よって医者は足が良くなったら、品川へ旅立つらしい。

若だんなは頷き、源信が居なくなるのは、少し寂しいねと続けた。

「挨拶も兼ねて、餞別を渡しにいかないといけないな。私はずっと、源信先生のお世話になってきたんだもの」

周りにいた客達も、幾ら渡そうかと話し始めた。ただ屏風のぞきは、金の話に興味を示さず、若だんなの顔を覗き込んでくる。

「源信先生の方は、娘も婿も付いてるから心配ないよ。若だんな、つまり我らの問題は、そこじゃないと思うんだ」

「問題って、何かあったっけ？」

すると屏風のぞきを押しのけ、近所の油屋の主が、口を出してくる。

「若だんな、分からないのかい？　気になるのは何と言っても、先生の跡目じゃないか。私らには、医者が必要だからね」

そして、馴染みの医者が変わるということは、生きるか死ぬかの大病の時、頼る者の腕が、違ってしまうという事だ。

「若だんなにとっても、医者の腕の良し悪しは、命に関わる問題だと思うがね」

長崎屋の妖達にしても、若だんなとの毎日が掛かった話となる。屏風のぞきが、渋い顔で腕を組んだ。

「源信先生には、お弟子が二人いたよね。あたしは、会った事がある」

確か黄源、信青といったと、別の客が、弟子達の名を口にする。黄源は源信の甥っ子で、血筋は一番近かった。

ただ、ここで仁吉が低い声を出す。

「お弟子二人はもう、医者を名乗ってます。力量は、どっこいどっこいですね」

油屋の主も、同意であった。

「源信先生、甥っ子を跡目に名指しするかも知れんが、どうなるかねえ。通町の旦那方が、己の店へ呼ぶかは分からないと思うよ」

大病になった時、医者の血筋や名は、ありがたみを失う。医者へ望むのは、患者を助ける事が出来る、腕の良さなのだ。

そして通町の大店であれば、金があるから、大名家出入りの御殿医でも呼ぶことが出来る。屏風のぞきが唸った。

「うーん、源信先生の跡を継ぐ医者、一人には決まらないかも。各家がばらばらに、気に入った医者を頼むことになるのかな」

ところが油屋の主は笑みを浮かべ、帳場の近くで首を横に振った。そして若だんなを見ると、こう断言したのだ。

「私は、通町の医者先生が、一人に決まると思うぞ。そしてさ、この辺の店主の皆さんが、次にどの先生を招くか、私には分かるよ」

「おや、そうなんですか？」

若だんなが目を見張ると、油屋は、簡単な話だと言い切った。

「長崎屋さんに出入りして、若だんなを診るようになるお医者。皆はその人を、源信先生の後釜だと思うんじゃないかね」

「きゅげ、若だんな？」

何故なら若だんなは病弱の塊で、しょっちゅう寝込むからだ。つまり子に甘いことで高名な長崎屋の主は、呼べる中で一番良い医者に、若だんなを診せるに違いなかった。

「それに長崎屋さんは、薬種問屋もやっている。つまり呼んだ医者に力量があるかどうか、医者が出した薬で測れるだろう」

よって長崎屋が選んだ医者を、通町の皆も頼る筈なのだ。

「あーっ、そう言われれば、そうかも」

屛風のぞきは明るく頷いたが、仁吉は帳場の内で、眉根に皺を寄せた。若だんながどうしたのかと兄やへ問うと、油屋が破顔大笑する。

「仁吉さん、これから何が起きるか分かったみたいだね。きっとこの先、たくさんの医者が、長崎屋へ売り込みに来ると思うぞ」

長崎屋に認められれば、医者としての名声と、大きな実入りが約束されるからだ。

「若だんなも、暫く大変かもな。飲んで欲しいって、山ほどの秘薬が届くかも知れん」

「う、わぁ」

若だんなが魂消、仁吉が顔を顰め、屛風のぞきが笑い出す。油屋は、長崎屋への医者の出入りを、じき、よみうりが書き立てるだろうと言った。次に誰が、長崎屋出入りの医者になるかは、一大事として、江戸中に知れ渡るのだ。

「こう言っちゃなんだが、富籤みたいで、わくわくするね。どの医者が、運を摑むんだろう。祭りより、町の皆が沸き立ちそうだよ」

油屋が、それは嬉しそうに言うと、仁吉が黒目を針のようにする。長崎屋は妖と、前々から縁が深く、仁吉も屏風のぞきも、人から外れた者達であった。

若だんなが慌てて、兄やを宥める事になった。

2

源信の隠居を知った、二日後のこと。

さっそく、誰が源信の跡目になるかという話がよみうりとなり、通町の道で売られた。寄席へ出ていた妖の場久が、帰り道で口上に気がつき、離れにいる若だんなへ一枚、買ってきてくれたのだ。

場久は、よく売れていたと苦笑を浮かべた。

「この辺りの町の皆にとっても、一大事です。病が本当に重くなったとき、診て貰う大事な医者が、これから決まるんですから」

ただ町の皆は真剣だが、面白がってもいた。一軒家に住む猫又のおしろも、火鉢で餅を焼きつつ頷く。

「長崎屋へ出入りする次のお医者さんが、通町の大店への出入りを、総取りするわけですから。油屋さんが言った通り、皆、賭け事みたいに楽しんでますよ」

そして、よみうりが出ると程なく、多くの医者達が本当に、長崎屋を目指し始めた。

「きゅげ、変なお医者、一杯」

小鬼達や屏風のぞきが、店表へきた面々のことを面白がって、若だんなへ告げてくる。今、仁吉が帳場で、店へ来た医者達の名簿を作っているが、それは大勢だという。

「自分は、多々良木藩出入りの医者で、白岩と言いましてな。通町の源信殿が隠居と聞き、ならばこの身が力を貸そうと思いまして」

「源信医師の一番弟子、医者の黄源です。長崎屋さんに出入り出来ましたら、夜でも呼んでよいと約束しますよ」

「お久しぶりです。同じく、源信医師の二番弟子で医師、信青です」

「私は神田在住の医師です。えー、こっそり言いますが、仁吉さんと同じ立場です。鬼、草庵の弟子で、喜田庵と言います」

妖者の医者は長崎屋に向いていると、喜田庵は売り込んでくる。そういう医者は、若だんなが考えていたより多くいた。

河童で、これから医師を目指すという自称医師や、長崎から来た者、更には、京の鳥辺野あたりから来たと言う、僧衣の妖者までいたのだ。

「きゅい、とりべののお医者、坊さんみたい。でも、髪の方が多くなってしまった。

薬種問屋長崎屋は、店の客より、押しかけてくる医者の方が多くなってしまった。

それで昼過ぎ、金次が離れへ顔を見せ、仁吉が医者達にどう対したか伝えてきた。

「若だんな、仁吉さんは医者達を見極めるため、お題を出したんだよ」

「お題？　へえ、胃の腑の薬を一服、作るように言ったの」

ただ、長崎屋は薬種問屋でもあり、胃の腑の薬も売っている。だから仁吉は、長崎屋へ来た医者達に、その売薬よりも良く効く一服が欲しいと言ったのだ。

「良いお題だと思うよ。そもそも若だんなを診る気なら、効く胃薬を作れないと、役に立たないからなぁ」

だがそう言われた途端、多くの医者が、尻尾を巻いて長崎屋から帰ったという。長崎屋の売薬は、医者が作った薬よりも効くと、評判を取っていた。

「それで、作れると言ったお医者がいたの？　まあ、五人もいたの。金次さん、その五人のお医者は、本当に立派な胃の薬、作れそうだった？」

お八つの餅を焼いていたおしろが、醤油を塗った焼き餅を渡して問うと、金次が、さてねと言って笑い、食べながら母屋へ戻っていく。おしろは、どうなるかしらと言って、他の餅をひっくり返した。

「鳴家、焼き網に触っちゃ駄目よ。火傷するわ」

「きゅべ、おもち、早く食べてって膨れてる」

「きゅい、鳴家は沢山食べる」

おしろが、餅に醤油を付けるか、きな粉と砂糖を添えるかを、若だんなへ問うてくる。

するとその時、良い匂いがすると言って、初めて見る壮年の男が、母屋の方から現れた。地味な羽織姿の男は、長崎屋へきた医者の一人、喜田庵を名乗る。

「若だんなが、今日も横になっていると聞き、来ました。餅を食べる前に是非、認められた薬を飲んで下さい」

胃の腑の薬だと言い、喜田庵はおしろへ、盆に載せた湯飲みを差し出したのだ。小鬼達が直ぐに興味を示したが、匂いを嗅いだ途端顔を顰め、何匹かは母屋へ逃げていった。

「あら、母屋から胃の腑の薬がやってきた。じゃあこれ、仁吉さんが認めた薬なのね」

おしろは喜んで、薬を若だんなの傍らへ置く。だが若だんなは、眉を顰めた。

「何だか妙な匂いの薬だね。これ、どんな薬草を使って作ってるの？」

喜田庵が口を歪めた。

「そいつは言えませんや。長崎屋さんなら、直ぐに同じものを、こしらえる事が出来るだろうからね」

「仁吉は、人の配合を盗る事はしないよ。相手が妖でも同じです」

若だんなは、もう一度匂いを嗅ごうと、湯飲みを鼻に寄せる。

だがこのとき、手が伸びてきて、蓋をするかのように湯飲みを塞いだ。若だんなは思わず横を向き、目を見開く。

「えっ、どなたですか？」

現れた男は、総髪を一つに束ねており、医者のように見えたが、着ているのは墨染めの僧衣であった。

男は流浪の僧で医者、そして妖の、火幻だと名乗ってくる。

「若だんな、その薬を飲むのは無しだ。その喜田庵と名乗った妖医者だがね、店表で出した一服は、違う匂いの薬だったよ」

すると火幻を見た途端、小鬼が布団の中へ逃げ込んできた。

「きゅんげっ、とりべのが来たっ」

「鳥辺野？　ああ、このお人が、有名だった葬地から来た、妖医者なんだね」

どうして違う匂いなのかと、若だんなは首を傾げる。すると喜田庵が怒った顔で、若だんな達の話に割って入った。

「あのな、何でこの、妙な僧の言うことを信じて、おれの薬は信じないんだ？」

とにかく飲んでみれば、良薬かどうかは分かる筈だと、喜田庵は言い立てる。

「若だんな、早く飲んでくれ」

「若だんな、飲むなよ。薬ってぇのは、危ないものに化けるからな」

現れたばかりの医者二人が、離れの縁側で角突き合わせた。

「あたし達じゃ分かりません。仁吉さんに判じてもらいます」

おしろが湯飲みへ手を伸ばした、その時だ。

母屋の裏口から、佐助と仁吉が出てくるのが目に入った。これで兄や達へ事を預けられると、若だんなはほっとしたのだ。

だが喜田庵は、佐助の姿を見た途端、若だんなの手から湯飲みを叩き落とした。沓脱ぎに当たって、湯飲みが砕ける。

「えっ？」

そして皆が、立ち上る〝薬〟の匂いに気を取られている間に、喜田庵は、近くの影内へ飛び込み、消えてしまったのだ。

「あ、そういえば医者の喜田庵さんは、妖だったっけ」

思い出した時、喜田庵は既に逃げていた。ただ長崎屋の庭に、何故だか妖医者の声だけが残り、いささか物騒なことを告げてきたのだ。

「昔の事だと言って、都合良く忘れるな、佐助っ、こっちは覚えているんだ」

何をとは言わないまま、その声は、静かに消えていった。

3

鳥辺野から来た総髪の僧は、離れへ招き入れられた。火幻のおかげで、妙な妖、喜田庵の薬を飲まずに済んだので、若だんなが感謝したいと部屋へあげたのだ。

若だんなが礼を口にし、焼き餅を出すと、火幻はさっそく嬉しそうに食べた。

「この火幻の本性は、妖の火前坊(かぜんぼう)だよ。今日、若だんなを救えて良かった」

そして長崎屋の医者として、この先長く関わっていく者でもあると、勝手に付け足す。

「よろしくな」

すると離れの奥から鈴彦姫が、とても僧には見えないと、遠慮無く言う。火幻は何故だか、大きく頷いた。

「ご覧の通りの、いい男だからねえ。医者はじじいが多いと思うのか、おれを見て、驚く御仁もいる。だがまあ仕方ないわな」

「あの、皆さんは総髪の坊主姿を、怪しんでいるだけだと、おしろは思うんですけど」

「きゅい、仁吉さんの方が、いい男」

しかし火幻は、何を言われてもへこたれない。

「ご縁の出来る長崎屋が、居心地の良さそうな店で良かったよ。しかしさ、さっきの喜田庵さんの騒動は、何やら妙だったね」

火幻は目を、向かいに座る佐助へ向けた。

「あんた、前に何をやらかしたんだ?」

若だんなも目を向けると、一寸黙った後、佐助が首を横に振った。

「実は、さっきから喜田庵の事を考えてるんですが、若だんな、何も思い出せないんです」

相手は妖だから、ひょっとしたら何百年か前に、会っているかも知れない。だが。

「長崎屋へ入り込み、若だんなに怒りを向ける程の出来事が、あった気がしなくて」

佐助には思い浮かばないのだ。すると、部屋へ集(つど)っていた悪夢を食う獏(ばく)、場久が声を震わせる。

「本当に、何百年か前に、何かあったとしてもです。あたしはそんな前の話、覚えてません」

「それもそうだよねえ。それに、ね」

若だんなは、湯飲みが割れた庭へ目を向け、寸(すん)の間(ま)考えた。

「佐助、仁吉、もしかしたら、だけど。さっきの喜田庵さんとは、そんなに大きな揉(も)め事、起こしてないかもしれないよ」

「えっ、若だんな、どういう事です？」

皆の目が、集まってくる。

「喜田庵さんが逃げた後、声が残った。昔の事だと言って、都合良く忘れるな、こっちは覚えてるって言ってた」

若だんなは、その言葉を不思議に思ったのだ。

「あの時、佐助は喜田庵さんへ、何も言っていなかったよね。なのに喜田庵さんは、佐助が揉め事を忘れてると決めつけてた」

そして、己は覚えているのにと、勝手に怒っていたのだ。

「長い間忘れられないような、大きな事があったんじゃないと思う。けれど、今も佐助へ怒りを覚える自分に、あのお医者、うんざりしている気がする」

だから喜田庵は、多くの医者が集まった時、長崎屋へ入り込み、佐助が驚く程、大きな怒りをぶつけてきたのではなかろうか。

「この機会に一度癇癪を起こして、すっきりしたかったのかな」

若だんなは、そう話をくくった。

「もしそうなら、何とも迷惑な話ですね」

仁吉は呆れ、妖達は、若だんなの考えが当たりだろうと言い切った。そして、また喜田庵が来るのは嫌だから、この後どうしたらいいかなと、眉根を寄せたのだ。

するとすると火幻が、一つ案を示してきた。

「佐助さん、謝っちまったらどうかな」

「謝る？　喜田庵にか？」

「昔の件、大いに反省をしているって、喜田庵さんへ文を出してみるわけだ」

大した件でないなら、それで妖医者の腹は収まるかもしれない。佐助や若だんなも、ほっとできる。

「話すと、事情を覚えていない事が知れてしまいそうだ。だから文の方が良かろう」

　すると庭から守狐達が顔を出し、佐助の名で適当な謝りの文を書いて、喜田庵に会ったら渡しておくと言ってきた。

「狐は数が多いので。我らが力をお貸しした方が、事が早く済むでしょう」

　佐助がほっとした顔になったので、若だんなが礼を言う。狐達は頷いた。

「なんの。若だんな、お礼は宴会で良いですから」

　その話に、火幻が食いついた。

「おや、長崎屋じゃ、宴会をするのかい？　なら、この火幻が出入りの医者になった祝いも兼ね、派手にやって欲しいもんだ」

　妖が勝手を言うと、仁吉が、まだ出入りの医者は決まっていないと言い切った。

「喜田庵は逃げたが、残りはまだ四人いる」

　そして仁吉は、また妙な薬を作る者が出たら剣呑だから、医者を選ぶ方法を変えるという。

「そろそろ源信先生へ、餞別を渡しに行きます。その時、どういう選び方が良いか、先生に相談しようと思います」

　ここで仁吉は、大きく息を吐いた。

「店出入りの医者が交代するだけで、こんな騒ぎになるとは思いませんでした。若だんなが病になったら、この仁吉がお世話すると、決めれば良かったんです」

妖達は、それが一番真っ当だと言ったが、火幻は顔を赤くし、文句を言ってくる。

「おいおい、おれが出入りの医者になるって、言ってるじゃないか。何で素直に、うんと言わないんだよ」

「きゅべ、火幻、怪しげ」

小鬼の言葉が全てだと、皆が言う。火幻が、若だんなを見てから、ふて腐れた。

だが翌日、若だんなと妖達が源信の家へ行く為、表へ出ると、自分も行きたいからと、火幻が道で待っていた。そして火幻だけでなく、四人残った医者の一人、白岩まで隣にいたのだ。

「我らも共に行く。白岩さんへ伝えたのはおれだ。長崎屋で白岩さんを見かけたんでね」

源信の所へ行く事は、知り合いだという白岩から、黄源と信青にも伝えてもらった。今日長崎屋の面々は、医者の選び方を、源信医師と話しに行くからだ。

「おれだけ行ったら、抜け駆けをするみたいで、落ち着かないじゃないか」

医師白岩が、是非お供したいと言って頭を下げてくる。

「火幻さんがきちんとした方で、有り難かったです。ええ、四名にまで絞られたという医者のうち、私だけ置いてきぼりだったとしたら、不満を抱えたでしょう」

若だんなは、せっかく来たのだからと、同道を承知した。しかし仁吉は、うんざりとした顔つきだ。

「今日、一番の用件は、源信先生へ餞別を渡す事です」

だから、医師の力を測る方法を話し合ったとしても、その場で試す事はない。

「源信先生の家へ来て貰っても、退屈なだけかも知れませんよ」

源信の家は、大通りから二筋奥へ入った通り沿いにあった。すると火幻も白岩も、源信の暮らしぶりが知りたかったと言ってくる。

「もし長崎屋さんの出入りになったら、どういう暮らしが出来るのか、見てみたいんだよ」

すると、お供だとくっついてきた、屏風のぞきや小鬼が首を傾げる。

「医者の暮らしなんて、決まってるもんじゃないのかい？　患者の家へ行く。病気を治す。食って寝る。それだけだろうに」

「風野さん、そりゃ、そうなんだけどさ」

火幻が口ごもり、金次が笑い出した。そして若だんなの為に、源信を呼びに行った事のある金次が、医者の家について語りだす。

「源信先生の家は、二階があるし広いよ。元は大工の親方の家だ。くっついて建つ一軒に、弟子達が住んでる。源信先生を訪ねて来る患者は、そっちの家の板間で診てるそうだ」

通いの小女が、日々の事をやってくれる。源信に困り事は無いだろうと、金次は語った。

「ちなみに、その二階屋と隣の家は、長崎屋の持ち物だ。寝込んだ若だんなを無事治した時、旦那様がただで住んでいいと、源信先生へ言ったんだとさ」

源信の患者には、米屋や油屋、魚屋、八百屋、酒屋など、多くがいる。

「盆暮れには、暮らしに要るものが、挨拶の言葉と一緒に、沢山届くって聞いてるよ」

もちろん払われる診察の代金、薬礼も、源信は高い。以前、三春屋の栄吉が怪我をした時、小さな菓子屋では源信を呼べないからと、若だんなは親に頼んで、長崎屋から医者を差し向けて貰った程なのだ。

二人の医者が目を輝かせた。

「おおっ、それこそ聞いてみたかったことだ。やはり大店が連なる通町で、名医と言われるようになると、暮らしぶりも違うな」

江戸には幕府や大名家出入りの、御殿医も結構いる。だが、ひょっとしたら源信の方が、日々の暮らしに余裕があるのかも知れないと、白岩が口にした。一方火幻は、皆と歩みつつ、また勝手を口にしてくる。

「源信先生は、隠居して品川へ行くんだろ？　なら二階屋は空くな。おれはそこで暮らそうかな」

「ひゃひゃっ、二軒分の家賃は高いよ。よっぽど感謝してる医者じゃなきゃ、うちの旦那様は、ただで貸したりしないわな」

長崎屋の主は奉公人上がりの、腕の良い商人なのだ。若だんなには甘いが、お気楽に、金をばらまく者ではない。金次という貧乏神を店内に抱えていても、未だ、祟られることもなく過ごしている強者だ。

「ま、残った四人のうち、二階屋に住める者が出るかどうか、見させてもらうよ」

金次に笑いながら言われて、白岩は口を尖らせる。仁吉はその話に構わず、見えてきた源信医師の二階屋を、若だんなへ教えた。

「おお、やっぱり立派な家だ」

余程気になるのか、二人の医者は小走りになり、先に二階屋へと向かう。

「家は逃げないと思うよ」

屛風のぞきが呆れているうちに、二人は表長屋の店の脇から、二階屋の内へ消えた、そして一寸の後……二階屋から、思いがけない大声が響いてきたのだ。

4

仁吉が若だんなを素早く、屛風のぞきと金次へ託す。そして、その姿は飛ぶかのような速さで、二階屋へと消えた。

すると更に、源信の緊張した声が聞こえてきたので、心配になった若だんなも、家へ駆けだしてゆく。

「若だんな、待ってくれ。今、二階屋へ行かれたら、あたしが仁吉さんに叱られるよう」

屛風のぞきの声が、背の方から聞こえてきた時、若だんなは家の土間へ飛び込んでいた。すると仁吉が、腕や足を押さえた源信や、弟子達を前に、土間の上がり端で立っていた。

「喜田庵が、今度は源信先生の所へ現れたようです」

佐助からの謝罪の文は、まだ届いていないらしい。多分喜田庵は、佐助とも縁のある源信の所に、若だんなの次の、憂さ晴らしの相手を求めたのだ。腕を痛めたらしい源信は元々足を折っており、己も足を押さえた一番弟子黄源が、怒りをたたえた顔で語り出した。

「長崎屋へも、喜田庵という医者が来たんですか。おや、何と若だんなへ、妙な薬を飲めと言ったとは」

喜田庵は源信の家で、医者にとっての宝、薬の処方が書かれた、薬帳を奪おうとしたらしい。そして、弟子達と揉み合いになった。

「そこの二人や、仁吉さんが現れたおかげで、喜田庵は逃げました。薬帳は残ったが、我ら三人は、足や腕に怪我をしてしまった。あの喜田庵、見てくれよりもずっと、強い奴だったんだよ」

「ああ、妖だから……いやその」

後ろから来た屏風のぞきが、言葉を濁す。源信が弟子達の手当をしようとしたが、自分も足を折っているから、いつものようには動けない。

「仁吉、急いで三人を診てあげて」

若だんなが頼むと、仁吉は一旦領いたが、直ぐに腕を組んで止まる。そして土間に突っ立っていた二人の医者、火幻と白岩へ、黄源と信青の手当をするように言ったのだ。

「それを見て、長崎屋へ出入りする医者にふさわしいか、腕を見させてもらう。お弟子二人の腕は、源信先生への怪我の手当の様子で確かめます」

同じ事をやらせるのではないから、今日の手当のみで、医者の力量を測ることはしないと、仁吉は言い切る。更に別の腕試しを、後日するのだ。しかし。

「医師として、余りに酷い腕の御仁がいたら、すっぱり外れてもらいます」

すると白岩が土間で、文句を言い出した。

「私と火幻さんにだけ、突然手当を任されるなんて、きついですよ」

だが火幻は、怪我人が目の前に居るのだから、さっさと手当をするぞと、板間へ上がった。そして源信へ、まずは頭を下げる。

「源信先生、先生の跡目を狙っている医者の一人、火幻と言います。長崎屋の皆から怪しげだと言われている、西から来た医者です」

だが今日、己から治療を受けるのは、源信ではなく弟子だから安心してくれと、火幻は言い放った。

「ですんで手当の道具や薬を、お借りできませんか。患者を診るとは思わなかったんで、晒しや薬なんか、持ってきていないんですよ」

源信は頷き、板間にあるものは好きに使ってくれと、火幻と白岩へ告げる。火幻が、手近にいた弟子、黄源に座れと言ったので、白岩は信青の怪我を受け持つことになった。

「私は白岩と言います。多々良木藩出入りの医者です。けれど本道の医者なので、蘭方の手当はいたしかねるが……」

すると白岩の言葉に、己も医師である信青が顔を顰める。

「医者ならば、怪我の手当くらいするものでしょう。あなた、通町で医者になって、怪我人が運ばれてきた時、私は本道だから診れないと言う気ですか」

火幻も横から一言言う。

「白岩さんよ、とっとと手当した方が良さそうだぞ。黄源さんの傷だが、骨にひびが入ってそうだ。こりゃ痛いわな」

火幻が傷を押すと、黄源がぎゃっと声を上げ、乱暴だと文句を言った。

一方、仁吉は源信の怪我を確かめたが、既に弟子達が、自分達より先に立派に手当を終えているという。源信は、弟子達を診る二人へ目を向けつつ、喜田庵が暴れた経緯を教えてきた。

「訪ねてきた喜田庵さんを、うちの黄源と信青は、長崎屋さんへの出入りを願う、医者の一人だと言いました。長崎屋さんで仁吉さんに、一服の薬を出していた人だそうです」

それで板間へ入れ、何の用かと問うたところ、喜田庵は突然、思わぬ話を始めた。長崎屋の佐助を恨んでおり、佐助を困らせる為、源信の所にある一番大切な品を、奪っていくと言い出したのだ。

「薬帳を盗ると、わざわざ言ったんです。盗みの事情を告げてくる盗人(ぬすっと)に、初めて会いました」

妖医者の妙な行いに、源信は苦笑を浮かべている。

「あの医者、佐助さんを恨む訳も語ったが、到底納得出来るものではなかったな」

それから諍い(いさかい)になり、源信も弟子達も怪我をしてしまったのだ。

「えっ、喜田庵は、どんなきっかけで恨みを抱いたのか、言ったんですか？」

若だんな達が、源信の家の土間で、揃って(そろって)目を見開く。源信達三人は、あっさり頷いた。

5

黄源が訳を語ろうとして、しかし話ではなく、悲鳴を口にした。

「それは……痛いっ。火幻さん、あんたは荒っぽいって言っただろっ。それでよく、今まで医者をやってきたもんだね」

「うーん、怪我の手当は戦国の頃、金瘡医から習ったんだが。昔、鳥辺野の死体でも、学んだからかなぁ。死人は文句を言わなかったんで、未だに力加減が分からん」

「えっ……戦国の金瘡医？」

黄源が呆然とした傍らで、喜田庵が無謀をした訳を、さっさと源信が語った。そしてそれは、長崎屋の皆が、考えた事も無かった話だったのだ。

「喜田庵さんは、佐助さんが饅頭を分けてくれなかったからと、言っておったぞ」

「ま、饅頭……？　菓子屋で売ってる、あの、お饅頭ですか？　それが怒りの元ですか」

若だんなは絶句し、さすがに仁吉も言葉が無い。源信は苦笑と共に、本当だと言った。

「何でも、旅に出ていた時、佐助さんと街道で行き合ったんだとか」

大雨で、木の下に降り込められていた時、佐助が饅頭を食べたという。見た事のない、美味(うま)そうな饅頭だったので、喜田庵は欲しがった。だが佐助は、饅頭が昼餉(ひるげ)の代わりだからと、分けなかったという。

「佐助さんとは、街道で初めて会ったそうだ。その時、喧嘩(けんか)になった訳でもなかった」

なのに喜田庵はその件を、ずっと覚えていたらしい。佐助の名を、どうやって知ったのか、喜田庵は話さなかった。

「たまたま、辛(つら)い事を山と抱えていた時で、喜田庵さん、甘い物を食べたかったのかね。とてもとても、食べたかったのかね」

多分饅頭そのものより、その甘さが欲しくなった出来事が、喜田庵には辛かったのではないか。だが喜田庵の怒りは、手に入らなかった饅頭と、それを食べていた佐助へ向かったのだ。

「多分喜田庵には、その怒りが、理不尽だと分かっておる。だから佐助さんから余所(よそ)へ、更に標的がずれていったのだろう」

喜田庵はまず、若だんなへ飲ませる一杯の薬湯(やくとう)を、気味の悪いものにした。

次に長崎屋の佐助と縁のある、源信に目を向けた。医者が大事にしている薬帳に、手を出してきたのだ。

「やれやれ。この後も馬鹿を続けねばいいが」

無茶を重ね続けていくと、いつか、自分自身へ怒りが跳ね返ってきそうであった。

「自分の為にも、饅頭の事を……というか、その前の〝何か辛い事〟を、忘れられたら良いのだが」

「辛いって言えたら、手をさしのべる人も、きっといると思うんですが」

ここで仁吉が、佐助からの謝罪の文が届くよう、長崎屋で考えていると言うと、源信は小さく笑って頷いた。話が終わり、若だんな達は、ほっと息をついたが、部屋ではまた悲鳴が上がる。

「火幻さん、あんた、確かに手当は心得ているようだが、乱暴すぎる！　力加減が分からなくて、長崎屋のか弱い若だんなを、どうやって診ていく気なんだっ」

さっさと、鳥辺野とやらへ帰れと黄源が言い、大きなお世話だと火幻が言い返す。どうやら手当が済んだようだと、仁吉が黄源の様子を確かめ、早々に頷いた。

「きっちり手当をしてますね。乱暴な点はいただけないが、火幻医師の腕は悪くない」

添え木も上手く当てられ、これなら黄源は後々、足を引きずらずに済むという。

「きゅんい、火幻、お医者だったの？」

黄源はその言葉を聞いて黙ったが、板間内での言い争いは、それで終わらなかった。今度は信青が、困った顔でこう言い出したのだ。

「あの、黄源さんの手当が終わったのは、良かったです。ですが、その」

信青の腕の手当は、未だ、終わっていなかったのだ。そしてだ。

「はっきり言います。こちらの白岩さんですが、怪我の手当など、ほとんど、した事がないように思います」

「えっ？　医者なのに？」

皆の目が白岩に集まった。すると、自分は本道の医者だからと、白岩がそっぽを向く。妖達から、真実医者なのかと、疑うような声が上がったが、若だんなが皆を止めた。

「確か、白岩さんが作った胃の腑の薬は、立派なものだったと聞いてます。うちの番頭さんが、納得してた筈です」

そうでなければ、四人のうちに残らなかった筈と、若だんなは言ったのだ。だが屏風のぞきは、妙だと言いだした。

「白岩さんだが、投薬以外は、苦手な医者ってことかい？」

　すると、人の目には見えないのを良いことに、鳴家達が、板間にいる白岩へ近づいた。そして帯に引っかけてある薬入れ、印籠に飛びつくと、引っ張って板間へ落としたのだ。

　かんと乾いた音がして、印籠が土間近くへ転がる。慌てて白岩が取ろうとしたが、その前に金次が拾い、素早く仁吉へ投げた。

「本当に、本道の医者なのかね。仁吉さん、一度、白岩さんの薬を確かめた方がいい」

「止めてくれっ」

　白岩が、いきなり大きな声を出し、妖達が身構える。仁吉が手早く印籠を開けると、中から薬草の匂いが立ち上った。場久が、驚いた声を上げる。

「あれ？　いつも嗅いでるような匂いだ。なんだ、白岩さん、真っ当な薬を持ってたんだ。ちゃんとしたお医者だったのか」

「きゅい、いつもの」

　妖達は、ほっとした顔になったのだ。

　だが仁吉が難しい顔をしているので、若だんなは傍らから、印籠の匂いを嗅いだ。

途端、仁吉と目を見合わせる。

「印籠に入っている薬だけど……これ、長崎屋で売ってる薬だよね？」

しかし本道の医者ならば、自分で薬を作る筈であった。いや、それこそが本道の医者の、一番の仕事なのだ。仁吉が問う。

「どうして薬種問屋の売薬を、医者が印籠へ入れているんですか？」

白岩は、怪我の手当もろくに出来ない様子であった。その上、薬も作れないとなったら、本当に医者なのかと問われかねない。金次が下からすくい上げるような目つきで、白岩を見た。

「白岩さんは、医者のふりをしてるだけの、危ないお人なのかな？」

まあ、長崎屋で薬を買っておき、それを患者に渡せば、多くの病に対処出来る。藪医者の投薬より、余程効くに違いなかった。

「けどさ、それじゃいつまで経っても、医者の腕は良くならないだろうよ」

そしてだ。その名に神の字を持っているにも拘わらず、皆から忌まれている貧乏神が、白岩へ問う。

「お前さん、長崎屋への出入りを許されたら、どうする気なんだ？　長崎屋で買った薬を、若だんなへ出すつもりかい？」

板間の内に、貧乏神が冷たい風を吹かせた。

するとだ。白岩は顎をくいと突き上げ、堂々と言ってきた。

「私は、胃の腑の薬を出せと言われた時、長崎屋で買った薬を、番頭へ出したぞ」

誤魔化す為に、薬へ、せんぶりを足しはした。だがそれしきの事で、薬種問屋の番頭は、己の店の薬だと気がつかなかったのだ。

「長崎屋の薬には、ちゃんと代金を払ってる」

自分は売薬を出し、医者としてやってきたと、堂々と言葉を続けたのだ。

「今まで、誰からも文句など出なかったさ。長崎屋さんも目をつぶりなよ」

「薬も作れぬ医者など要らん」

仁吉は即答すると、白岩の印籠を握りしめる。木で出来た丈夫な入れ物は、一瞬で砕けてしまった。

「人の悪人は、寛朝様の護符でも退けられない。ある意味、妖よりも厄介ですね」

「はて、妖とはまた、どうしてそのような名を出すのでしょうかな」

源信が驚いた顔を作った時、仁吉が一つ、答えを出した。

「四人の医師のうち、白岩医師は不可です。長崎屋へ、出入りして頂くわけにはいきません」

そして今後は、薬種問屋長崎屋で薬を買うのも、遠慮して頂くと言い切った。

「自分で薬も作れない医者の腕を、うちの薬で誤魔化されてはたまりませんから」

見立て間違いで使われては、効く薬でも役に立たず、患者が気の毒だ。仁吉がそう言い切ると、白岩の顔つきが険しくなる。

だが……直ぐに、にたりと笑った。

「私はこの後も、医者を続けますよ。薬種屋なんて、あちこちにある。薬は、他でも買えるんでね」

すると、ここで白岩へ言葉を向けたのは、源信であった。

「あのねえ、白岩さん。この江戸じゃ、医者だと己で名乗れば、直ぐに医者になれます。確かにお前様は、これからも医者でいられますよ」

しかしだ。

「適当な医者が多いからこそ、江戸の人達は、藪医者をあざけり厭います。下手な医者を呼んだら、自分が死ぬ事になりかねませんからね」

そしてと、源信が続ける。

「これからは長崎屋の薬の、助けがないわけだ。他で買うと簡単に言うが、良く効いて、しかも高直ではない薬など、そうは売っていないから、覚悟しないとね」

白岩は一寸皆を睨んでから、やがてゆっくり板間から出て行った。源信は眉尻を下げると、医者には怖いような者が多いとつぶやく。

「医者は、医者の家に生まれなくとも、なれますからね。名医と言われるようになれば、幕府の御殿医にまで、成り上がる事も出来ます。金も稼げる」

そして、そういう生業は少ないのだ。

「だから皆が、なりたがるのかな。まあ、私はそんな医者から、隠居するのだけど」

とにかく白岩は去った。つまりだ。

「長崎屋さんへの出入りを賭け、競いあう医者は、三人になったようだ」

弟子の黄源と信青、それに火幻という医者のみだ。

「三つに一つとなったか。さて、誰が最後まで残るかな」

興味が湧いてきたから、結末を見届けてから品川へ行こうか。源信が落ち着いた声で、そう言いだした。

6

長崎屋の離れに、妖達と若だんなが集い、鍋を囲んだ。若だんなは守狐達へ、望んでいたご馳走を振る舞うことにしたのだ。

「源信の隠居の件で、長崎屋にも、変わった医者達が入り込んで来てる。ほっと出来る日があってもいいと思うんだ」

「きゅいきゅい」

喜んだ妖達は、ゆっくり語りたいからと、昼間から離れへ集うことにした。

「その刻限に集まると、母屋の者やお客に、見られる心配があります。皆さん、本性を人へ見せないようにして下さい」

噺家として、町でちゃんと生きている場久に注意を受け、皆、人の姿に化けて集った。

ただ離れの障子戸を閉め、火鉢に鍋を置き酒が回れば、いつもの楽しい、妖の宴会が始まる。今日は化け狐が沢山集まったので、離れ内の襖などを取り払い、部屋を広く使う事になった。

「きゅい、お餅の入った揚げ、好き」

「焼いて醤油を付けた揚げに、揚げに卵を落とし入れた巾着卵。それに、稲荷寿司もあります。ああ、今日の宴のご馳走は、狐向き。素晴らしいです」

早々に酔った守狐達は機嫌良く、医者達の評を話し始めた。

「さて残るは、三人の医者だけになりました。誰が最後の一人に、決まるものやら」

すると猫又のおしろが、源信の弟子である、黄源ではないかと言い出した。

「信青さんと二人、どちらも信用できるお医者です。師から真面目に、きちんと医術を教え込まれてますしね」

そして黄源は医者源信の甥だから、跡取りなら黄源の方だろうと言ったのだ。

しかし。それを聞いた守狐達は、少々つまらないと髭を震わせた。

「でも、どちらも、源信先生より頼りになりませんよ」

勿論弟子達が、藪医者でないことは分かっている。だが、しかし。

「そうですね、こう言えば、分かりやすいでしょうか。黄源さんも信青さんも、この後名医として成り上がることは、ありそうもないんですよ」

つまり、いざ病が重くなったとき、若だんなを託すには、不安が残る医者達なのだ。

赤毛の守狐が酒杯を手に、その原因を口にした。

「通町の辺りは、長年源信先生が面倒を見てきました。それで足りていたので、他の医者が育っていないんですよ」

後十年経っても、黄源達は、御殿医になっていないだろうと言う。すると宴席の中から、思わぬ声が湧いて出た。

「ならばさ、さっさと、もう一人の医者、火幻に決めればいいじゃないか」

「あの妖医者は、訳が分からなすぎる。大体、何で西から江戸へ来たんだ？」

「気になるかい？」

「そりゃあ……わあっ」

大声が上がったのは、当の医者火幻が、守狐の為の宴会に、いつの間にか顔を出していたからだ。妖医者は遠慮も戸惑いもなく、酒杯と椀を手に、堂々と言ってくる。

「来たっていいよな。長崎屋で宴会があるって、小鬼達が嬉しそうに話してたんだもの」

そして火幻は、腹が減っていたのだ。

「西から江戸へ来たばかりなんで、宴に招いてくれる人もいないし。大勢と、酒を飲みたかったんだ」

よって火幻は今日、飲んで食べて、宴席を楽しんでいるのだ。屏風のぞきが呆れて、断言した。

「うーん、我らの宴会に入り込むとは、驚く程の図々しさだよねえ。いっそ清々しい程、勝手な奴だ」

気心の知れた面々だけの宴だったのにと、付喪神は愚痴を言う。

「火幻さんは己から来たんだ。ならば飯代の代わりに、この場で己の事を、詳しく話してもらおうや」

そうすれば、怪しさがいくらか減ると、屏風のぞきは言ったのだ。すると、それは良き案じだと、守狐や金次達も頷く。

それで屏風のぞきは、火幻の正面に座って、問いを向けようとした。ところが、妖医師の後ろにいた別の男と目が合い、大声を上げてしまった。

「ひえっ……あんたまで、何でこんな所にいるんだ？」

隅の方に、何と医師源信の弟子、黄源がいたのだ。今の今、宴にいる皆から噂されていた男は、苦笑と共に頭を下げた。

「宴席にお邪魔して済みません。その、長崎屋さんに話があって来たんです。すると庭にいたお人に、招かれたんだろう、さっさと上がれと言われまして」

それで黄源も皆と一緒に、一杯やっていたと言うのだ。引き入れたのはどうやら、人に化けた守狐の一人で、そっぽを向いている。

すると若だんなが、よく来て下さいましたと、黄源へ笑みを向けた。そしてせっかくだから、宴を楽しんでくれと告げたのだ。

「ただ、その」

若だんな達と会って間もないというのに、黄源は今日、わざわざ長崎屋へ来た。だから、何か用があったのではないかと、若だんなは言葉を向ける。

するとと酒杯を片手に、黄源が頷いた。皆の目は、火幻から離れた。

「あの、おれは語らなくて、いいのか？　あれ、誰も聞いてないっていうか。言わなくてもいいなら、楽だけどさ。ちょっとだけ、悲しいっていうか」

ここで黄源が、なぜ長崎屋へ来たのか、語り始めた。

「実は今、困りごとを抱えております」

余所で語れない事ゆえ、どうしたらいいか、相談に乗ってもらいに来たというのだ。

「困りごとですが……実は源信先生の、薬帳の事でして」

先に、喜田庵に狙われたが、無事、盗られずに済んだと言っていた品だ。

「その薬帳が、実は盗まれておりました。いや、帳面は残っていたのですが」

長崎屋の皆が帰った後、源信医師と二人の弟子は、薬帳を、もう一度確かめてみたらしい。ところが薬帳を開くと、どの頁も真っ白だったという。

「えっ？　書いてあった薬の配合が、消えてしまったの？　どうやって？」

離れにいた皆が顔を見合わせ、何か怖い妖でも出て、字を消したのではと囁きだした。小鬼達がぶるりと震え、急いで若だんなの袖の内へ逃げ込んでくる。

するると、若だんなの側にいた仁吉が、黄源へ顔を向けた。

「その白くなった帳面、持ってきてますか？」

「ええ、ここにあります。ただの白い帳面ですので、持ち出しても良かろうと思いまして」

皆の前へ、黄源が帳面を差し出す。〝薬帳〟と表に書かれ、下の方に源信の名を記してある帳面は、中を見ると全てが白かった。

「ああ、これは……字が消えたんじゃなさそうです。何も書かれた事のない帳面ですね。なるほど」

仁吉はそう言うと、真っ直ぐに黄源を見た。そして迷いのない言葉を、医者へ向ける。

「黄源さん、あなたが今日、長崎屋へ来たのは、相談の為ではないですよね？」

喜田庵が薬帳を盗もうとした時、源信の二人の弟子は、師の薬帳を守った。勇敢に戦ったのだ。

「するとそこへ、長崎屋の面々が顔を出した。そして帰った後、確かめてみると、薬帳は、ただの白い帳面に化けていたんです」

となれば、そこで黄源が何を考えたのか、察しが付こうというものだ。

「あの時、源信の家へ来た長崎屋の誰かが、薬帳を盗ったのではないか。そう疑ったので、取り戻しに来たんですよね？」

大店(おおだな)へ出入りする医者を選ぶ、戦いの最中なのだ。そんな時、源信の薬帳が手に入れば、大いに力になるだろうと、黄源は考えたに違いない。

「ただ、誰に盗られたのか、確かな証(あかし)は持ってないと思います」

それで相談という言葉が、黄源の口から出て来たのだ。仁吉の言葉に、妖達が驚く。

「我ら長崎屋の者達は、疑われている訳ですか。何で？」

宴席にいる皆が、目つきを険しくして黄源を見る。医者が酒杯を、畳の上に置いた。

7

その時離れの中に、苦笑を含んだような声が響いた。

「あーっ、疑われているのは、このおれか。そうだよなぁ、長崎屋の他の人にゃ、薬帳は必要ないものな」

そう話すと、火幻が頭を掻(か)いている。ここで遠慮もなく、黄源が問うた。

「あなたが師の家から薬帳を、持ち出したんですか？」

だが否という返事が、直ぐにあった。しかも、その返答をしたのは、火幻ではなく、何と若だんなだったのだ。

すると驚いた妖達が若だんなへ、山と問いを向ける。

「ありゃ、何で若だんなが返事をするんだ。火幻の仕業じゃないって、何か思いついたのかな？　それとも若だんな、ただ信じてるだけか？」

面白がっている顔で、貧乏神が問うてくる。若だんなは、短く事情を告げた。

「火幻が、源信先生の薬帳を持ち出したとしたら。それはたまたま、機会があったからだよね？」

妖医者火幻が、源信の家へ行ったのは、若だんなが餞別を渡しに行くのに付いていったからだ。

「先生宅に薬帳があるとは、知らなかったはずです。つまり火幻さんには、薬帳に見せかけた白い帳面を、あらかじめ用意する事など、無理だと思うんだ」

そして黄源達が、本物の薬帳と見間違えたということは、元々源信医師の家に、何も書かれていない薬帳などなかったはずだ。

「火幻の仕業では、ないと思う」

若だんなの言葉を耳にし、黄源は一寸、唇を嚙む。そしてその後、口をへの字にした。

「若だんなの言う事は、正しいように思う」

しかしそれならば、選ばれる医者が三人にまで絞られた時、名医を支えてきた薬の処方が、どうして突然消えたのか。何も書かれていない薬帳が、何故家に残っていたのだろう。

「このままだと、誰が長崎屋の医者として選ばれたにしても、私は納得出来ない」

ここで黄源は、若だんなでも仁吉でもなく、佐助へ強い眼差しを向けた。源信の薬帳が、喜田庵に目を付けられたのは、佐助との騒動故なのだ。

〃だからあんた、何とかしてくれ〃

まるで、佐助へそう言っているかのように見えて、宴に集った妖達は落ち着かなくなった。力の強い兄やの一人、佐助に、ただの医者が不満を向けているのだ。

(佐助さん、どう返事をするのやら)

せっかく昼間から離れで楽しんでいたのに、緊張が離れの内へ満ちていく。鍋や酒へ手を出す者が目に見えて減った。

すると。佐助は小さく首を振り、黄源の顔を見る。

「今は、若だんなの為のお医者を選ぶ、大事なときだ。なのに当の医者から、誰が選ばれても納得出来ないと言われたんじゃ、たまらない」

だから。佐助はここで、はっきりと言った。

「出入りの医者を決める前に、源信先生の薬帳、何とか取り戻しましょう」

そして堂々と、源信の跡目を決めるのだ。その手間は自分が引き受けると、佐助が言い切った。

「ただその。薬帳を取り戻すとなると、関わりのある者の家を探す事になりますが、よろしいですね？　源信先生の家も、診療の場も、火幻の長屋も調べないと」

「ありゃ、この火幻の寝場所も調べるのかい。近くの神社に、世話になってるよ。ほとんど物が無くて、直ぐに終わるだろうから、良いけどさ」

この時若だんなが、誰か佐助へ手を貸しておくれと、宴席の皆へ頼む。

「人手は多い方がいいから」

すると、離れのあちこちから声が上がった。

「ひゃひゃっ、若だんな、金次が手を貸してやろう。手間代は羊羹(ようかん)三本でどうかね？　うん、安野屋(やすのや)さんの品は、歓迎だよ。話がまとまったな」

「きゅんい、小鬼は良い子だから、力、貸す。ちょいと眠いけど」

「はて、この声はどこから……」

「守狐は、手を貸す代わりに望みを言うなんて、失礼な事はしません。なに若だんななら、また宴会を開いてくれますとも」

「きょべ？」

　気がつけば、次の宴会が決まっており、おしろや場久は薬帳より、今度のご馳走について話を始めている。

「皆、分かってる？　次の宴会は、薬帳の件が終わってからだからね」

「若だんな、本当にもう一回、宴を開くんですか？」

　いつの間にか押し切られていたので、佐助が離れで顔を顰めている。若だんなは、もし止めても、妖達は簡単な食べ物や安い酒で、集まる筈だと言って笑った。

「それに、どうせもう一度、集まる事になるよ。出入りのお医者が決まったら、お祝いするもの」

「そういう話でしたら、承知しました」

　ならば早めに医者を決めて、また宴会を開かねばならない。皆が明るく言い始めた傍らで、黄源と火幻が一寸目を見合わせ、黙ったまま、すいと眼差しを逸らせた。

8

翌日、離れに佐助と、いつもの妖達が集った。そして、どうやったら源信の薬帳を取り戻せるか、若だんなと一緒に考え始める。

佐助が薬帳の件に、掛かりきりとなるので、仁吉は今回、長崎屋の仕事を一手に引き受けていた。

「きゅい、返してって言う」

鳴家達が言い、立派な考えだと小さな胸を張った。すると金次がにやりと笑い、小鬼へ問う。

「鳴家、誰に言うんだ？」

「きゅべ？　盗人」

「その盗人ってぇのは、誰なんだ？」

それをまず、皆で考える事になると、佐助が、若だんなに頭を下げる。

「いつもであれば、そろそろ寝込んでもおかしくない頃ですのに。医者が決まるまで、若だんなは頑張って下さってます。大変、ありがたいです」

しばしお待ちくださいと言われて、若だんなは一寸、目をつぶった。これではまるで若だんなが、この後、早々に寝込むと、決まっているかのようではないか。

「佐助、私は大丈夫だよ。次のお医者さんが決まったって、寝込んだりしないから」

「そんなに我慢されると、却って身を損ねるかもしれません。佐助は直ぐに、盗人を見つけ、薬帳を取り戻してみせますとも」

それでまず、薬帳を欲しがる筈の者と、盗る機会があった者の名を出してゆく。

「きゅい、火幻さん。黄源さんに疑われてた」

羊羹三本を貰うからか、金次も考えを出す。

「医者の黄源自身だって、怪しいと思うぞ」

源信医師が隠居をすれば、黄源は独り立ちを迫られる。師が持っている薬帳は、欲しい品だろう。

おしろが、ならば信青も怪しいと言う。

「弟子なんだから、黄源さんと立場は同じです。いえ、甥っ子ではない分、薬帳をもらえる望みは、まずないですからね」

ここで場久が、喜田庵が、本当は盗んでいたのではないかと言い出した。

「喜田庵は盗みに入った時、薬帳を、偽物とすり替えたのでは？　それで、発覚が遅れたわけです」

　すると屛風のぞきが、小鬼よりも自分の方が凄い、という考えを示してくる。

「考えついたんだ、源信先生自身が盗ったっていう思いつきは、どうかな」

「自分のものを、自分で盗るの？　あの、それ、盗みになるのかな？」

「若だんな、例えば源信先生が薬帳を、いずれ跡目にやると、言ってたとする。けどさ、ここに来て、そうはいかなくなったとしたら、どうかね」

　娘のいる品川へ行くとき、かなりの金を用意する必要が出来たとしたら。源信は薬帳を、売りたいと思ったかもしれない。

　しかし弟子は薬帳を、もらえると思っている。それで。

「喜田庵さんが盗みに来たのを幸い、盗られたと言って、薬帳を隠したんじゃないか？」

　妖達が、今までより多く頷いた。すると佐助が、これまでに出た考えを並べる。

「まずは、火幻さんが盗ったという考え」

「次に、黄源さんの名が出た」

　更に、信青も疑われた。

　喜田庵の名も出た。

「最後に、源信先生の名も出ました」

薬帳を盗ったと考えられるのは、関わっている全ての者、五人だ。ならば。

「このうちの誰が本当に盗ったのか。これを調べていく事になる」

佐助がそう言うと、屏風のぞきが不意に立ちあがり、小鬼を摑んだ。

「鳴家、まずは火幻さんを調べて来い。上手くやれば辛あられを、一杯食べられるぞ」

小鬼達が外へ放り投げられ、ぴぎゃーっと言う悲鳴が消えてゆく。

「ありゃ、どこへ飛ばしたの？」

若だんなが魂消ていると、おしろが、近くの小さな神社の方だろうと口にした。

「火幻さん、そこにお世話になってますから」

するとその後、幾らも話さないうちに、鳴家達が凄い勢いで帰ってきた。

「火幻の荷物の中、帳面無かった」

というより、ほとんど荷物すら無かったと、鳴家達が言ってくる。

「火幻、盗人じゃない。何も持ってない」

だが、直ぐに茶筒へ飛びついた小鬼達は、がっかりした。屏風のぞきが食べられると言ったのだから、茶筒には、辛あられが入っている筈だった。なのに空だったのだ。

「きゅんげー、何で？」

だが思いの外、小鬼達が役に立ったので、他の妖達は、更に勝手な事を言い始める。

金次は、どうやったら薬帳の在処を調べられるか、分かったと言い出した。

鳴家達は、元々数が多い。ならば。

「数に任せて、源信先生の住まいと、その隣へ突撃させたらどうかね。家を調べる事は、先生達に言ってあるんだから」

「何も見つからなきゃ、喜田庵が盗ったで決まりだ。うん、あたしもそのやり方がいいと思う」

屛風のぞきが賛成するが、うんと言わなかった妖もいた。鳴家達だ。

「きゅべっ、鳴家だけ、働かせる気だ。辛あられない。屛風のぞき、悪い奴」

小鬼達は、源信宅を目指す代わりに、屛風のぞきに飛びかかろうとする。するとおしろが、怒らないでと宥めにかかった。医者が決まれば、もてなす宴を開くことになる。鳴家の為に若だんなはきっと、お菓子を色々揃えてくれる筈と、優しく言ったのだ。

「加須底羅と、金平糖なんていいですね。おしろも食べたいです。餅菓子も欲しいわ」

「きゅい、沢山？」

「ええ、たっくさん買って貰いましょう」

「おい、勝手に若だんなへ、買い物を押しつけては駄目だ」

肝心の若だんなを置き去りに、色々決めていく妖達を見て、佐助が渋い顔になっている。だが妖達は、若だんなならちゃんとお菓子を用意してくれるからと、張り切り始めた。

「きゅんい、鳴家は賢いから、源信先生の家、間違えない」

そして鳴家達は、面白いことを思い付いた。先程神社で、幾らか試していた。

「行ったら、お家にあるもので遊ぶの。全部ひっくり返せば、何か出る」

鳴家達は胸を反らし、何匹かが後ろ向きに転んで、大声を上げた。

「鳴家、屏風のぞきより賢い！」

屏風のぞきが文句を言いだす。

「おい、鳴家。いつお前さん達が、あたしより凄くなったんだ。こら、返事をせずに、出掛けようとするな」

付喪神が怖い声を出した横で、何処を探したらいいのか、金次が鳴家達に告げる。

「鳴家、行李と患者さんを迎える板の間で、おもいっきり遊びな。お医者さんの道具入れは、全部ひっくり返していい」

　ただ、荷の中に帳面があったら、離れへ持って帰れという。

「きゅい、分かった」

「おい、小鬼。あたしへの返事が無いぞ」

「屛風のぞき、何か言った？」

　妖達が首を傾げ、屛風のぞきが泣きそうになった後、小鬼達は影を使い、長崎屋の離れから飛び出した。後には、しょんぼりとした屛風のぞきが残され、佐助は溜息をつく。

「若だんな、いいんですか？　こりゃ本当に、菓子を山と買う事になりますよ」

「佐助、いつも色々、お菓子は買ってるじゃないか。こんなものだよ」

「若だんなは、本当に肝が据わっておいでで。素晴らしいです」

　菓子を買うと、こうも褒められるのかと、若だんなが驚く。妖達は、他に食べたい菓子がないかを、真剣に考え始めた。

　お八つの刻限、長崎屋の離れに、源信医師と、黄源、信青、火幻が呼ばれた。若だんなが、近くの三春屋から餅菓子を山と買ったので、部屋に柔らかな匂いが漂っている。

「きゅいっ、甘い、甘い」

若だんなと佐助は、甘味を勧めてから四人と向き合った。天井や影内に長崎屋の妖達がいて、菓子を楽しむ微かな声が聞こえてきている。

まずは佐助が、源信の薬帳を四人の前へ置いた。

「おお、凄い。見つけたんですね。うちの家の、どこにあったんですか」

源信らは目を見開く。部屋が散らかっていただろうから、自分達の家を探した事は分かっているのだろう。若だんなと佐助は、精一杯鹿爪らしい顔で、事を説明した。

「源信先生が、いつも患者さんを診ておいでの、板間にありました」

佐助がゆっくりと、三人を見つめた。

「源信先生とお弟子達、三人のうちのどなたかが、薬帳を隠したと思われます。喜田庵さんが見つけたら、持って逃げた筈ですから」

薬帳は出てきたが、誰がやったか証はない。そして薬帳の持ち主は源信であった。

「ですから、お話ししておきたい。でも、ここで話を終えたいのでしたら、承知します」

佐助はそう口にした。そういう事の終え方は、世に幾らもある。わざと夕暮れ時のように、はっきりしない結末にするのだ。

「ただ、帳面が隠してあった様子を知って、若だんなが、薬帳を隠したのは誰なのか、察しをつけました」

若だんなが考えた事で、証などない話だと、佐助が口にする。

「それを聞いてみますか？　納得すれば、少しはすっきりするかも知れません。でも、新たな揉め事を呼ぶかも知れません」

すると源信は、直ぐに聞くと言い切った。

「何故かと聞くんですか？　だって長崎屋の皆さんは、若だんなの思いつきを聞いてる。その上で、次に出入りする医者を決めるのでしょう」

出入りする医者は、長崎屋の意向で決まる。だから、どういう経緯で医者が決まったか、源信は知りたいと言ったのだ。

師がそう定めれば、弟子達に否応は無い。若だんなは離れで、事情を語り始めた。

9

「今、佐助が言いましたように、薬帳は、源信先生が患者を診ている家の、板間の隅で見つかりました」

見つかりづらい所だとはいえ、日頃、三人の医者が出入りしている場に、隠されていたのだ。それが今まで、どうして見つからなかったのか。

「簡単な事情かと思われます。板間にいたどなたかが、他の二人に見つからないよう、気を配っていたのでしょう」

ならば、薬帳が見つかった場所を詳しく告げれば、若だんな達より源信達の方が、薬帳を盗った者が誰か、分かるに違いない。

「どこにあったか、はっきり話してもよろしいでしょうか」

名医が頷いたので、若だんなは板間の中で、どの位置に帳面が置かれていたかを告げた。

「土間へ入った者から見て、部屋の右側です。窓の近くに座っている御仁の傍らに、本が並んでいました。そこに薬帳はありました」

よって右の席に座る者がいれば、薬帳はまず目に入らない。座を離れる時は、袖にでも入れて歩けば、見つかる事も無かった。

「お三方は、独り者ばかり。小女が部屋の掃除をするでしょう。だから行李へ薬帳を隠すより、自分の側に置いておいた方が、安心だったと思われます」

若だんなが語ると、影内から騒ぐ声が湧いていた。奉公人の屛風のぞきや金次は、源信の所へ使いに出る事もあり、源信の家で、土間を入った先、右側の席に誰がいるのか、良く承知していたのだ。

ただ、火幻だけは事が全く見えていない様子で、若だんなが次の一言を語るのを待っている。

若だんなと源信が、顔を見合わせた。

長崎屋へ出入りする医者が決まった。

もっとも互いに馴染むか、しばし試すという話も伝わり、通町の面々も頷くことになった。

すると、当人が長崎屋へ呼ばれた日、屛風のぞきははっきり、その医者へ言った。

「火幻さん。お前さんが、長崎屋出入りの医者になるとは、思ってなかったよ」

仁吉が、確かに腕はいいと言ったから、そこは信用しようと屛風のぞきが言う。しかし。

い。
は、一番よく診てもらう、若だんなが無事でいるかを、暫く、注目しているに違いな
人である若だんなや、通町の人達を預けて、大丈夫なものだろうか。多分通町の皆
「火幻は、妖だしねえ」

ではなく正しい順序で：

「火幻は、妖だしねえ」

人である若だんなや、通町の人達を預けて、大丈夫なものだろうか。多分通町の皆は、一番よく診てもらう、若だんなが無事でいるかを、暫く、注目しているに違いない。

「ま、心配だものな。火幻が胡散臭い医者だってことは、間違い無いんだから」

すると当の火幻は、離れで若だんなの前に座り、己の姿を見て、顔を顰めていた。

「あの、出入りの医者に決まったからって、こんな事をしてもらうとは思わなかった。筋が違うというか。ここまでする必要はないというか」

若だんなは笑った。兄や達に頼み、火幻へ医者としての着物を、何枚か用意したのだ。

「火幻さんは医者で、今、属する寺はありません。総髪ですし、医者の格好が似合いますよ」

江戸では髪型や着物など、その見てくれから、大体の素性が分かるようになっているのだ。なのに、その約束事を忘れ去っていると、胡散臭さがつきまとう。抜けなくなる。

「火幻先生、肩肘張らず、今は見た目からこの通町に、馴染んでみませんか」

「でもなぁ、着たことのない着物だよねえ」

　せっかく僧衣が気に入っていたのにと、妖医者が文句を言う。だが若だんなが、真面目な医者のなりをするなら、源信の去った家を貸すと言うと、直ぐに考えを変えた。

「分かりました。ずっと、この格好でいます。色々、暮らしのご指導願います」

　へらへらと笑ってから、火幻はふと、源信の家が、本当に空くとは思わなかったと言った。

「源信先生が去っても、黄源さんが継ぐと思ったんだよね」

　だが源信の弟子は今、二人とも居ない。火幻が溜息を漏らした。

「信青さんが、薬帳を盗んだとは思わなかった。あの御仁、源信先生の弟子じゃないか」

　若だんなは、信青は薬帳を奪ったのではなく、こっそり借りた気だったのだろうと言った。信青は白い帳面を作り、そこへ薬帳の中身を、写していたのだ。

「多分信青さんは、源信先生が隠居する前に、帳面を写し終えるつもりだったと思います」

　ただ源信が突然足を折って、話が変わった。更にそこへ喜田庵が絡み、薬帳の紛失が露見してしまったのだ。火幻が若だんなを見つめてくる。

「弟子なのに、どうして信青さんは、薬帳を写したいって言えなかったのかね」

答えたのは、佐助だ。

「帳面も、医者の家も、甥っ子の黄源さんが継ぐと、思ったんじゃないですかね。跡取り一人が全てを継ぐことは多い。そうなったら、信青さんは、薬帳を見せてはもらえません」

下手に見たいと口にすれば、信青の方が跡取りに、名乗りを上げたと見なされる。なまじ黄源が源信の息子ではなく、甥っ子であったから、話がややこしかった。

「それで馬鹿をしたか。若だんな、白い帳面があったのは、何でだ？」

「火幻、少しは自分で考えろ」

佐助が渋い顔をし、小鬼達が吠えたが、若だんなは笑って語る。

「薬帳を、急いで書き写していたんです。一頁からはみ出した所もあったと思う」

信青は、二冊にまたがっても良いよう、もう一冊、何も書いていない帳面を用意していたのだ。世間では、本を書き写して売る商売もあるから、何も書かれていない本は、珍しいものではない。

「窓に近い座に、座っていた者が、薬帳を隠した。源信先生も黄源さんも、直ぐに信青さんがしたと分かったようだったな」

火幻が腕を組む。そして。

「あの時源信先生は、後の事を、自分達で片を付けると言った。その代わり弟子二人は、長崎屋へ出入りさせないと口にしたんだ」

よく黄源が、師の考えを承知したものだと、火幻が続ける。源信の一言で、火幻が長崎屋出入りの医者になると決まったのだ。

若だんなが、火幻を見つめる。

「源信先生だけど、甥の黄源さんへ跡を譲るかどうか、早く決めておくべきだったんです。そして隠居を決めたなら、もう一人の弟子、信青さんへの配慮が、もっと必要だった」

兄弟子が跡目を継ぐなら、弟弟子は、離れた場で医者をやっていくのが順当だろう。ところが。

「黄源さん、源信先生の甥っ子なのに、力が足りず、通町で跡目と目されなかった。源信先生は焦ってしまい、二人目の弟子、信青さんへの気配りが、行き届かなかったんです」

それが、薬帳の紛失騒ぎを招いてしまったのだ。

「源信先生は信青さんを、上方の知り合いの医者へ、預けるそうです」

佐助が語る。

「遠くへ行くのは、信青さんの希望だそうで。勝手に師の薬帳を写したので、この辺りには居づらいとのこと」

ちなみに信青が写した薬帳は、源信が、西へ持って行けと言ったそうだ。

「ああ、信青さん、やり直すんだね」

火幻が頷く。そして。

「黄源さんだけど、源信先生が、品川へ連れて行くそうです」

源信の娘婿(むすめむこ)が、名医を望んでいた。つまり品川では今、頼れる医者が足りないようなのだ。ならばと、佐助が言う。

「今度ははっきり、黄源さんを跡取りとして、品川でしばらく、医者でいるという事です。それもまた、良き考えだろうと思います」

源信の二人の弟子は、明日の道を決めたのだ。

喜田庵は逃げ、白岩はひらき直った。ここで佐助が、苦笑を浮かべる。

「何故だか妖(あやかし)医者が、通町に残っちまいました。いや、不安です」

当分、熱を出すたび、怪我(けが)をするたび、佐助は若だんなを案じねばならない。

「暫くは、仁吉が頼りです」

「佐助さん。おれが長崎屋出入りに、決まったんだよな？　だから元源信先生の家に住んでも良いって、言ってくれたんだよな」

火幻が、もっと信用しろと言う。おしろは、他に医者がいないからと、溜息を漏らした。しかしこの長崎屋には、仁吉が居る。医者として足りないと、直ぐにそれが分かる。

「だから火幻さん、もの凄く頑張って下さい」

どうやら当分は様子見だと察し、火幻が頬を膨らませている。ここで若だんなが笑うと、随分前に屛風のぞきがした問いを、火幻へ向けた。

「あの、火幻さん。何で西から江戸へ、来たんですか？」

いささか荒っぽいが、火幻はきちんとした医者だ。京や大坂でも医者としてやっていけた筈と、若だんなは言ってみた。

「なのに、どうして？」

すると火幻は、久々に妖丸出しの、恐いような笑みを浮かべる。

「たまたまだよ。旅してみたくなった。京から西へ行くか、東へ行くか迷って、街道で適当に足を踏み出したんだ」

そして行き着いたのが、江戸であったと言ったのだ。それを聞いた妖達が、一斉に火幻を睨み付けた。おしろ、屏風のぞき、金次の声が重なる。

「怪しいっ、怪しすぎます、このお医者」

「佐助さん、こいつを離れへ入れて、いいのかい？」

「貧乏神と火前坊の戦いが、ある日、起きそうな気がするぞ」

だが皆から睨まれても、当の火幻は平気な顔だ。若だんなが苦笑を浮かべ、とにかく祝いの日を決めようと言うと、妖達は火幻の希望など聞かず、勝手な望みを言い始めた。

妖百物語

1

江戸に怪異と呼ばれる、もの恐ろしい何かが現れたと、噂が走った。

その怪異は、青い顔をした鬼であったという。怪しの物語を語る、ある百物語の席で、一話間違え、百話目まで語ってしまった。その為、怪異を呼んでしまったのだ。

この世には本当に人ならぬ者がいると、噂を耳にした人々は、井戸端で、湯屋で語った。

すると程なく巷では、百物語の会が流行った。そして誰もが夜の集いで、怪談を九十九では止めず、百話語り出したのだ。

今ならば真実、怪異を見る事ができる。そう考え、怖い物見たさで無謀をしているのだと、噂が長崎屋へも聞こえてきた。

長崎屋の若だんな、一太郎が寝込んだ時、通町の皆は、源信に代わる新しい医者、火幻医師の腕前を、まだ疑っていた。

長崎屋が、西から来た素性も分からない医者を招き入れたことは、驚きであった。よって火幻を、胡散臭く感じていたのだ。

しかし。

火幻の投薬で、若だんなはちゃんと治った。そして火幻は何と、医者の源信が使っていた二階屋まで、長崎屋から借りることになった。

「どうやら火幻先生は、本当に長崎屋で認められたようだ。つまり、存外良き医者なのかも知れない」

この後まず、急ぎ医者が必要になったある店主が、火幻を店へ呼んだ。きちんと診てもらい、治ったという話が町に広まると、火幻は多くの店から呼ばれ、一気に忙しくなったのだ。

昼前のこと、長崎屋の離れで、喉の具合を診てもらっている若だんなは、当の医者へ笑いを向けた。

「こほっ、火幻先生って呼ばれ方も、慣れてきた？」

忙しいなら、源信のように弟子でも持たないと、諸事間に合わないかも知れない。病み上がりの若だんなが言うと、妖医者の火幻は、眉尻を下げつつ薬湯を煎じた。

「弟子を引き取っても、教え、育てなきゃならないから、余計忙しくなるだけだ。今のおれには無理だよ」

火幻はまだ、出入りを始めた通町の大店に、慣れていないのだ。店主達の顔と名を覚え、体の質や、罹りやすい病などを摑むことが、先にせねばならない仕事であった。

「あ、そうだ。飯もうちっと、上手く炊けるようにならなきゃな。きちんと毎朝、飯を食ってなかったからさ、下手なんだ」

風に吹かれ、空を漂っているかのような妖の暮らしでは、飯の事など余り、考えたりしなかったという。だが毎日働くようになったので、食わないでいると腹が減る。よって、この離れで何か食わせて貰うか、芋でも買っていると、火幻はぼやいている。

火鉢の前で、今日は昼餉を食べていって下さいと、鈴彦姫が笑った。

「守狐さんから揚げを頂いたので、若だんなの為に、揚げ入りのうどんを作りました。胃の腑に優しいって、仁吉さんが言ってたんで」

「なら若だんな、早く薬を飲んどくれ。こいつは昼餉の前に、飲んで欲しい一服なんだ」

若だんなが眉尻を下げつつ、濃い薬湯を飲み下したところに、離れの飯の方が好きな屏風のぞきや金次も、母屋からやってくる。

「うどんには、葱もたっぷり入れますね」

皆が鈴彦姫から、揚げ入りの一杯を受け取ったとき、一人余分に、手を差し出してきた者がいた。若だんなが驚いた目を向けると、馴染みの顔が手を振ってくる。

「きゅい、日限の親分」

「久しぶりですね。どうぞ、うどん、食べていって下さい」

鈴彦姫から椀を受け取ると、親分は嬉しそうな顔で縁側に座る。ただ珍しいことに、食べ始めると、若だんなではなく、まずは火幻へ言葉を向けたのだ。

「新しいお医者の先生、無事、長崎屋に認められたようで、何よりだ。通町近辺に住んでる大店のご主人方は、ほっとしてるよ」

これでまた、腕の良い医者に診て貰えると、一帯の皆は安心したのだ。よって。

「大店の旦那方は、一度火幻先生を、旦那達が集うお楽しみの席へ、招きたいと言ってるんだ」

顔合わせの席を、設けるという事らしい。それで親分が火幻へ声を掛けに、長崎屋へ来たわけだ。

「きゅわ？　おたのしみ？」

「立派な料理屋で開かれる、大店の店主なんかが揃う会へ、呼んで下さるんだとよ」

すると、火幻当人が返事をするより先に、出た方がいいと、屏風のぞきが言葉を向けた。この先通町で医者としてやっていくなら、これから出入りする筈の、大店の主達と、親しくするべきなのだ。

親分が大きく頷く。

「そうそう。何事も付き合いだ。最初が肝心、っていう話でもあるな」

「あ、はい。ありがとうございます」

火幻が緊張気味に礼を口にし、話はあっさりまとまった。機嫌良く頷いた親分が、うどんのお代わりをし、それで昼時の用は終わる筈であった。

だがここで、親分が思わぬ事を言い足し、長崎屋の面々が、顔を見合わせる事になる。

「ああ、そうだ。旦那方から言われてた。もし寝付いていないなら、若だんなも誘って欲しいと頼まれてたんだ」

「へっ？　私も、ですか？」

病んだ後ゆえ、酒席への誘いは拙いと、火幻が咄嗟に返事をする。だが、火幻や若だんなが招かれたのは酒席ではないと、親分は言ってきた。

「もちろん料理屋へ行くんだから、酒も料理も出ると思う。でもさ」

店主達が、今、夢中になっているのは、ただの酒宴ではなかった。酒は飲まなくとも良いのだ。

「お楽しみは、百物語なんだよ」

「火幻さんが、百物語をやるだって？」

ここで頓狂な声を上げたのは、何故だか屏風のぞきであった。金次と顔を見合わせているので、若だんなは妖達へ、気遣わしげな目を向ける。

すると日限の親分が、嬉しげな顔になった。

「おや、百物語と聞いて、心が躍ってるみたいだね。そうなんだよ、ここんところ、通町で一に話題なのは、怪異なんだ」

親分は、先日豪胆にも百話、全部語った会があったと、最近よく語られる噂を口にした。本当に怪異が現れたという、あの話だ。

「実際に見た御仁によると、恐ろしい顔の、おなごの鬼だったとか。いやもう、目にした旦那方は、皆から話をせがまれて大変だよ」

よって百物語は、益々盛況になっている。だが一方百物語では、百の怪異を語らねばならない。つまりだ。

「同じ人ばかり集うと、怪談も品切れになっちまいそうなんだ。どの会でも新しいお人に、百物語に加わって貰いたがっているのさ」

つまり西から来たばかりの火幻は、新しい話を知っていそうな、嬉しい客なのだ。寝付いてばかりで、百物語には行ってなさそうな若だんなも、来て欲しい一人だという。

そして話は更に、思いがけない方へ転がった。

「あのさ、興味がありそうだから、金次さんや風野さんも、百物語を語らないかい？」

「えっ？　まさか……だって我らは、奉公人だし」

屏風のぞきが顔を強ばらせると、心配するなと、日限の親分が胸を叩いた。

「若だんなも行くんだから、付き添いって事で大丈夫だ。風野さん、金次さん、このおれが上手くやるから心配すんな」

「いや、行きたい訳じゃないんだよう」

しかし、金次の言葉を遠慮と思ったのか、日限の親分は張り切った。

「四人も新しい顔が入ったら、次の会は、盛り上がること間違いなしだよ。うん、直ぐに旦那方へ、知らせてこないとな」

百物語の会を開く日が決まったら、場所や刻限も伝えると言った後、うどんを食べ終わった親分が、縁側から腰を上げる。

「えっ、親分、ちょいと待った。ありゃ、こういう時だけ何で、早く帰るのさ」

皆が止めかねているうちに、親分は庭の木戸から、風のように消えてしまった。

2

夜、長崎屋の離れでは、百物語の席をいかに切り抜けるか、話し合いが持たれた。若だんなの布団(ふとん)の周りに集まった皆は、妖にとって、百物語がいかに恐ろしい催し(もよおし)なのかを、若だんなへ訴えてきたのだ。

「若だんな、話してる間に、具合が悪くなったら遠慮無く寝てくれ。でもな、我らが何を恐れてるのか、聞いておいて欲しいんだよ」

屏風のぞきは眉間(みけん)に皺(しわ)を寄せ、いつになく真剣な顔になっている。一方金次は、口を尖(とが)らせていた。

「若だんな、今流行(はやり)の、百物語の会だがね、百話語って、本当に怪異を呼ぶものだろ？」

つまり旦那達が開く会でも、最後の百話まで語ってしまうに違いない。

「そうでないと怪異が現れないし、つまらないからな」

旦那達は、鬼が現れた百物語の会より、自分達の集いが下に見られるのは、我慢ならない筈なのだ。

「でさ、あたし達が顔を出す百物語の会にも、本物の妖が現れたとする。若だんな、どうなると思う？」

「あの……金次や屛風のぞきが顔を顰めるほど、拙い事になるの？」

若だんなにとって怪異達は、親しい相手なのだ。戸惑いつつ二人を見つめると、付喪神は、恐い顔で頷いた。

「例えば鬼ヶ島にいる鬼が、百話語られた力で、呼び寄せられるかも知れない。深山の大天狗が、旦那達の前で、背の羽を広げる事もあり得るな」

そういう輩が、長崎屋の者達と目が合ったとき、どうなるか。離れが寸の間、怖いような静けさに包まれる。屛風のぞきが、若だんなの眼前に迫り、語った。

「おんやぁ、長崎屋の付喪神じゃないか。久しぶりだなぁ、なんて明るく挨拶されたら、あたしはどうしたらいいんだ？」

「周りには、大店の旦那達がいるんだぞ！　下手に返事なんか、出来ないじゃないか」

「へっ？」

しかし都合が悪いからといって、妖の挨拶を無視する事など、考えられなかった。

「他人の振りをするのは、無理だ。鬼ヶ島の鬼は、気の優しい奴ら(やつ)だ。冷たい応対をされたら、酷く(ひど)傷つくだろうしな」

雲突くような大男の鬼が泣きだしたら、長崎屋の妖達は、思わず慰め(なぐさ)てしまうかも知れない。おまけに、だ。この世には、もっと厄介な怪異もいた。

「例えば鬼婆(おにばば)が来て、今日は二人ばかり人を食ったと言ったら？　ご精が出ますねって言わなきゃ、拙いだろうが。食うのは鬼婆の、本性なんだから」

若だんなの顔が強ばる。

「……そんなことを宴席で言ったら、その後、どうなるのかしらん。もし、私が話したら、正気を失ったかと思われて、座敷牢(ざしきろう)へ入れられそうだね」

だが怪異が現れたせいで、若だんなが閉じ込められたら、妖達は大人しくしてはいなかろう。壁や柱を壊し、座敷牢を破壊して若だんなを救い出し、その行いを大いに誇る筈であった。

鈴彦姫が、間違いないと言った。

「まず長崎屋は半分ほど、ぶち壊れます。それから褒めて欲しい、ご褒美が欲しいと、若だんなに寄って行く妖が、大勢現れそうです」

「う、うわぁ。それは拙い。そんな事になったら、明日からどうしたらいいか、本気でわからなくなるよ」

こういう、笑い話のような恐怖があるのかと、若だんなは言葉を失った。妖達が顔を顰め、拙い、恐いと言った訳が、ようよう身に染みてくる。

小さな声で問うてみた。

「あのぉ……以前の百物語のように、お客が、鬼の姿をちらりと見ただけで、終わってくれないかな？　金次、駄目かな？」

「若だんな、そういう運が続くように、神仏にお願いするって手も、確かにあるわな」

長崎屋は以前から、神なる方々とも、縁を作ってきたのだ。ただ、そのやり方には賛成できないと、貧乏神は口にした。

「若だんなが神に祈ったら、本物の神々が現れるよ。きっと大黒様とか出てくる」

そして神様方は力が強い。気まぐれだ。要するに、恐い日の本の神々であった。

「百物語の集いが、無事に終わるよう頼んでも、その通り、静かに終わらせてくださるかね。頼む相手は神様だよ。怪異と喧嘩して、宴席に雷でも落としかねないだろ」

「ううっ……確かに」

この国の神々には、そういう恐ろしき点があるのだ。もしかしたら雷ではなく、天に龍神が現れ、火を噴いてくるかもしれない。

「若だんな、江戸を破壊するのは雷か龍神か、賭け事でもするかい？」

「屏風のぞき、怖い事言わないで」

若だんなは、益々頭を抱えた。

「百物語の会が、こんなに危ういものだったなんて。今の今まで、考えつかなかったよ」

教えて貰ってありがたいと、若だんなは妖達に礼を言った。ただ、問題はこの後なのだ。今回会を開くのは、若だんなではない。会自体を止めるのは、無理であった。

「熱が出たと言えば、私は家に居られるだろうけど」

しかし火幻と屏風のぞき、金次までが休んだのでは、不義理になる。ことに火幻は、最初の顔合わせから逃げる事になり、後々の仕事に響きそうであった。

妖医者が、呆然とした顔になる。

「若だんな、人との付き合いって、難しいものなんだな。百物語に来てくれたら、鬼婆をねぎらっても良いと思うんだが」

「火幻先生、悩むのはそこ？」

すると、一足遅れて母屋から戻ってきた仁吉が、皆の困った顔を見て、辛あられ入りの木鉢を畳に置き、片眉を引き上げた。鈴彦姫から、今、悩んでいる件の委細を聞くと、大事な若だんなが、いつの間に困りごとを背負ったのかと、溜息をついてくる。

「若だんなに手間をお掛けしますが、逃げる手立てはありますよ。一回限りなら、百物語に顔を出しても、何とかなるでしょう」

「仁吉、本当？」

「若だんなと火幻先生、それに屏風のぞきと金次は、とりあえず宴へ行ってください」

そして皆が店主達と挨拶を済ませ、何度か怪談など語った後、動くのだ。

「若だんなはそこで、具合を悪くしてください」

若だんなの不調は、珍しい話ではない。だから奉公人達と、医者の火幻が付き添い、長崎屋へ戻っても、それはいつもの話であった。そうすれば百話語った後、料理屋で妖同士が会うことにはならない。

「そして、五、六人しか残らなかったら、百話も怪談を語れないかもしれません。会は終わりです」

「あ、なるほど」

「きゅいきゅい」

「まぁ火幻先生など、また別の百物語の席に、誘われるかも知れませんが。その時は己の力で、何とかしてくださいね」

「えーっ、結局、そういう話になるのか」

火幻はしかめ面を浮かべ、小鬼達が食べていた辛あられの鉢を掴むと、気晴らしだとばかりに、一気に口の中へ流し入れてしまった。

「きょぎゃーっ」

「うわ、これ、辛いな」

だが、まずは当面の宴を切り抜けねばならない。打ち合わせをし、具合の悪くなる頃合いを決めると、若だんなは妖達を見た。

「これで百物語の席へ行っても、大丈夫なんだね。そうだよね？」

妖達は自信を持って頷き、火幻一人が、怒った小鬼達に食いつかれている。宴席のご馳走や酒は、早めに飲み食いしておけと仁吉が言ったので、屏風のぞき達は真剣な顔になる。

よって宴の日が決まっても、若だんな達は心配をせずにいる事が出来た。ただ毎回、百物語の席で、具合が悪くなるのはおかしい。次の約束はしないよう、当日、宴へ出掛ける時、兄(にい)や達から念を押された。

(今日は大丈夫な筈だけど。けど……何か不安な気がするのは、どうしてかしら)

何故、そんな風に思うのか、己でも分からない。火幻を見ると、また食いつこうとするので、小鬼達を袖内(そでうち)へ入れる。百物語は夜開くものだから、若だんな達は夕刻、宴を開く料理屋、花梅屋(はなうめや)へ向かった。

3

百物語の会を開く料理屋花梅屋は、近在の大店が商(あきな)いで使う事の多い、瀟洒(しょうしゃ)な店だ。代々おかみがやり手で、店を支えていると言われている所でもあった。

百物語の最後で、不可思議な者を呼び出す気でいる店主達は、他の客達に迷惑を掛けないよう、離れで会を開くようであった。これから夕餉(ゆうげ)を楽しみ、暗くなった後、怪談を語るのだ。

四人が料理屋へ顔を見せると、日限の親分が玄関先で待っており、四人の世話を引き受ける為、己も加わったと言ってきた。

「何しろ今日は、いつ倒れてもおかしくない、長崎屋の若だんなに来て貰ってるからね。怪談を語る部屋と別に、母屋に、休む部屋も用意してあるんだ。遠慮せずに使ってくれ」

大店の主が、別に一部屋、休む所を用意してくれたと、親分は明るく言ってくる。

「うわぁ、親分たら、余計なことをして」

屛風のぞきが小声で言い、若だんなが眉尻を下げる。

(私は今日、怪談の途中で、具合が悪くなると決まってるんだけど。帰るつもりなのに、別の部屋で足止めされたんじゃ、困ってしまうよね)

するとと金次が、ならばそちらの部屋を先に、見ておきたいと口にする。

(ああ金次は、料理屋から逃げだす算段を、今からしておくつもりかも)

若だんながほっとすると、袖の内にいる小鬼達が、きゅいきゅいと鳴いている。

「なら、離れに行く前に、案内してくれるよう、奉公人に言ってみるよ」

日限の親分が声を掛けると、花梅屋の者が先導してくれる。親分は、大きな料理屋を歩みつつ、今日、百物語に集う面々について、皆に語り出した。

「先に伝えた通り、座の主は米屋の大店、大貫屋さんだ」

他に下駄屋の坂下屋、大工の小辰、左官の冬蔵、町名主の深山が集うらしい。そこに、日限の親分と火幻、それに長崎屋の三人が加わり、十人で怪談を語るのだ。

「一人、十の話を受け持つ訳だな」

まあ百の怪談話と言っても、不可思議な話でも、短い語りでも大丈夫だという。百話もあれば、以前聞いたような話もあるだろう。気楽に話そうと親分は言った。

するとじきに奉公人が、母屋の端にある角部屋の、障子戸を開けた。

「ああ、大貫屋さんが用意してくださったのは、その部屋なのか。立派だね」

他の障子戸も開いていたから、部屋の周りにある外廊下や、庭が見える。外廊下は、母屋の裏へ向かっているものと、離れへ通じている屋根付きのものがあった。

離れにゆく方の廊下には扉が付いていたが、今は開けてある。間違って誰かが離れへ入りこまないよう、閉めておく事も出来る作りになっていた。

「お忍びの席に、使えそうな作りだな」

金次が笑っている。

「布団も用意してあるよ。備えは万端だ」

ただこの時、母屋の上の方から大きな声が聞こえ、皆が一寸黙った。昼間から酔って騒ぐ者達がいるようだと言い、火幻が天井を見上げる。

「花梅屋には、二階の座敷もあるんですね」

歌うような声や、太鼓の音まで聞こえてくるから、大人数で騒いでいるのだろう。

随分とうるさかったので、親分が顔を顰め、障子戸を閉めて回った。

「客は誰なのかね。あのうるさい声が、百物語を語るとき、聞こえないといいんだが。怪談を聞いても、怖さが出ないのは勘弁だ」

一方、若だんなは妖達と目を見交わし、今いる部屋からなら、簡単に玄関へ出られると確かめた。一旦この部屋へ来る事になっても、具合が悪いゆえ、先に帰ったと店の者から伝えて貰える。

(良かった。これなら心づもり通り、途中で帰れそうだ)

ほっとした、その時だ。

障子戸に、庭に面した外廊下にいる者達の影が映った。そしてその誰かは、直ぐに低い声で語り出したのだ。二階の騒ぎのせいで、部屋内に居る者達の気配が分からなかったらしい。

若だんな達は一寸、顔を見合わせた。

(ありゃ、立ち聞きする気じゃないんだけど)

だが、表の御仁へ声を掛けようとした途端、近くにいた金次が、口の前に指を立て、皆を制した。聞こえてきた話は、とんでもないものであったからだ。

「今日、やるんだね？」

「ああ、今日、死んで貰う事に決めたよ。怪異が現れるからね。あいつらは化け物に、あの世へ連れて行かれりゃいいんだ」

「えっ？」

親分が、思わず声を漏らした。その途端、表にいた影が、廊下を駆け去る。親分は外廊下へ飛び出たが、直ぐにくそという声を上げ、何も目に出来なかったと戻ってくる。

「今、聞いたよな。確かに、誰かが言った。死んで貰うって言ってたぞ」

誰が話したのか分からないが、聞き間違いではない。日限の親分は、そう繰り返した。

「そうですね。男の影が、今日、死んで貰う事に決めたって言ってました」

己も廊下に出て、先へ目を向けつつ、火幻が頷く。

「落ち着いた、怖い言い方だったたな。ありゃ、本気みたいに思えたが」

「うん、あたしにもそう思えたよ」

屏風のぞきが、何で若だんなが料理屋へ来た日に、妙な事に行き合うのかと言い、口を尖らせている。若だんなは手を握りしめた。

「拙い話を聞いてしまった。今日だから……今聞いたのは本気の企み、人殺しの企てに違いないと思ってしまう」

「は？　今日だからって、どういう事だい？」

親分からの問いに、若だんなは声を低くした。

「今日はこの花梅屋で、百物語が語られる日ですよね」

そして江戸では今、百物語を語ると、怪異が本当に現れると言われている。鬼を見た者が、先日現れたからだ。つまり。

「百物語を語った夜、誰かが亡くなったとしても、今なら、鬼の仕業に出来そうです」

百物語を語った日なら、人を殺しても、怪異にその罪を、押っつけられるかもしれないのだ。だから先程の男の声は、こう言ったのではないか。

「怪異が現れ、誰かが化け物に、あの世へ連れて行かれると」

「若だんな、なら大急ぎで、会を開く大貫屋さんへ事を知らせないと。百物語の会が、殺しに利用されたら、あたし達も巻き込まれかねないよ」

屏風のぞきが震えた声で言うと、火幻が、きょとんとした顔になった。

「あっ、そうか。下手したらおれ達がいる席で、誰かが殺されるかもしれないんだ」

火幻は少し考え、存外平気な顔で、更に怖い事を言い出した。

「先程逃げた男だけどさ。さっきの話を聞かれたと分かってるよな。けれどそれでも、今日、人殺しを止めないんじゃないかな」

若だんなが言った通り、百物語を利用する気でいるとしたら。

「今日の百物語の会を、利用してくると思う。本物の怪異が現れたという噂が、いつまで続くか分からないから」

その話が無ければ、人殺しの罪を、怪しの者へ押っつけられない。だから。

「要するに、我らは危ういんだな、きっと」

つまり怖いから、百物語は止めにして皆で帰ろうと、火幻が言い出していた。

「事情を話せば大貫屋さんは、多分、納得してくれるさ」

会の事を判断するのは、若だんな達ではなく、大貫屋なのだ。

「若だんな、この判断、間違ってないよな」

返事は、何故だか親分がしてきた。

「そ、そうだな、とにかくまずは、大貫屋さんへ話を伝えなきゃな」

だが親分はここで、ふと首を捻った。

「会を開く大貫屋さんに、子細を話すのはいいとして。でも大貫屋さんが、百物語の会を止めるかどうかは、分からない気がするな」

そう言い出したのだ。

「もしかしたら人殺しの話自体、会を盛り上げる為の怪談話だと、受け取られかねないよ。大貫屋さん、本気にしないかも」

大貫屋達は今、百物語の会に、どっぷりはまっているらしい。最近は何でも、怪異絡みにしてしまうというのだ。

「えっ？　こんな大事が、そういう話に化けるんですか？」

火幻が魂消、人の頭の中はどういう作りになっているのかと、眉根を寄せている。

金次がここで、出来る事をするしかなかろうと、あっさり言いだした。

「若だんなと親分は、為すべき事が決まってる。大貫屋さんへ、人殺しの話を聞いたと話すんだろ？」

その先は、大貫屋の判断を聞いてから、考えるしかない。この部屋であれこれ考えても、始まらないのだ。

「そいつは……その通りだな」

ただ親分は、離れへ向かう前に、外廊下へ来た者がいなかったか、料理屋の奉公人へ確かめに出た。若だんなはその間に、妖達へ問う。

「私達に何か出来ること、あるかな？」

妖ならば分かる事もあるかも知れないと、若だんなは思ったのだ。ただ返ってきたのは、考えていたのとは違う返答だった。

「それなら、この屛風のぞきにも分かるぞ。この会から、直ぐに帰ることは出来る」

そもそも今日は具合を悪くして、途中で帰るという話になっているのだ。

「この料理屋には、人を殺したい奴がうろついてる。若だんなは、直ぐに帰った方がいいと思うよ」

若だんなは寸の間考え込んだ後、もし大貫屋が人殺しの件を笑い飛ばしたら、奉公人二人と帰る、と言ってみた。ただ馴染みの岡っ引き、日限の親分を残して行くことが、心配ではあった。

（でも帰れば、妖と怪異が、出くわすことは避けられるし）

一つ悩み事が減るわけだ。何もかも、一遍に片付けようとせず、一つずつ、何とかする方が良いとも思う。

「そう、具合が悪くなったら、私は、帰るしかないのだし……」

だが、そう言い出した途端、いつの間に戻ってきたのか、親分の狼狽えた声が聞こえてきた。

「おいおい、若だんな、もう調子が悪くなったなんて、言わないでおくれよ。おれと火幻先生だけで離れへ向かうのは、寂しいよぉ」

人殺しがうろついている中に残されるのが、いささか心細かったのだろう、日限の親分が両の眉尻を下げ、とにかく大貫屋達と会ってくれと言ってくる。

「挨拶だけでも、な？」

火幻は横で、真剣な声を上げた。

「あの、なんでおれは、この料理屋に残るという話になってるんだ？　おれは、具合の悪くなった若だんなと一緒に長崎屋へ帰って、診察すべきだと思うんだが」

だが、しかし。ここで親分が、火幻の腕をしっかりと摑む。

「火幻先生まで、帰るなんて言うなよ。後生だからここで、おれに手を貸してくれよ」

「えーっ、勘弁っ」

金次達や小鬼が笑い出し、とにかく、会の主へ挨拶をしにゆく。

（その後、帰る算段をすればいいんだけど）

ただ部屋を離れる時、若だんなは、影を映した障子戸を、思わず見つめた。

(一体誰が、どうして人を殺めたいと、思ったんだろう)

人を呪わば穴二つ。誰かを殺せば、その報いを己も受ける。相手だけでなく、自分の墓穴も、必要になると言われているのだ。

(そんな恐ろしい事を、何で望むんだろう)

わざわざ百物語を語りに来たのに、ひやりとする思いに総身が包まれると、何とも恐い。若だんなは首を一つ振ってから、これから百物語を語る花梅屋の離れへと、眼差しを向けた。

4

親分と長崎屋の仲間は、扉をくぐり、百物語を行う建物へ向かった。

花梅屋の離れは、ぐるりと外廊下に囲まれた作りの瀟洒な建物で、趣ある庭に面している。今日は新月だからか、外廊下には行灯が幾つも置かれていた。

今日の会を仕切る大貫屋達は、既に部屋に集まっていた。互いに名乗り、挨拶が終わると、本当に鬼が出たという百物語の話を聞き、身もだえするほど羨ましかったと、大貫屋、小辰、坂下屋、冬蔵、深山は言ってくる。

「本当に羨ましい、妬ましい。だから今日こそは我らも、百話語って、妖と巡り合おうと言ってるんですよ」

町名主の深山など、手代に仕事を押っつけて来てしまったと、頭を掻きつつ話している。ここで座敷に、大皿に盛られた料理や酒が、沢山運ばれてきたので、その力の入れようを見た若だんな達は、顔を強ばらせた。

(人殺しの事を告げたら、この酒や肴が、無駄になるかもしれない。けど、黙ってる訳にもいかないし)

奉公人達が座から離れると、若だんな達は目を見交わし、まずは岡っ引きである親分が、口を開いた。先程、人を殺す話を耳にしたと、大貫屋達へ告げたのだ。

障子戸に映った影と声からして、話をしたのは若い男だったこと、本気に思えたことを、若だんなも言い添えた。

(さて……大貫屋さんは、どういう返答をされるのか)

妖達と共に、寸の間待った。すると離れに居る百物語の会に集った五人は、驚く素振りを見せた。揃って、ふっと笑みを浮かべたのだ。

「えっ?」

それから、緊張した面持ちの若だんな達へ、優しい言葉を向けてきた。

「はは、さっそく怪しき話を語るとは、気合いが入ってますね。親分、若だんな、今晩は、よろしくお願いしますよ」

そして、これならば素晴らしい百話が語られ、怪異と出会えるだろうと、力を込めて言ったのだ。親分が慌てて、人殺しの話は百物語の為の、作り話ではない。つい先程、母屋で聞いた本当の事だと言いつのる。

だが大貫屋達は、その言葉を重く受け止める様子もなく、言葉を返してきた。

「親分、離れへ来る途中、母屋で騒いでいる客達の声が、聞こえたでしょう？」

今日は花梅屋の二階に、両替屋真津屋の息子達次と、その遊び仲間達が来ているらしい。

「この花梅屋の常連でしてね。私達五人は、日頃縁があるので承知しているが、達次達は皆、気合いの入ったどら息子ですよ」

その身持ちのよくない息子達が、今日は連れを伴い騒いでいるとかで、何時にも増してうるさい。

「親分方が耳にしたのは、きっとその放蕩息子の言葉でしょう。ええ、達次達なら酔って、誰かに死んで貰うと廊下で言っても、驚きません」

だが、この離れへ乗り込んでは来ませんよと、大貫屋は余裕を持って笑っている。

「我らは達次の親御、真津屋さんと知り合いなので」

以前どら息子達が、この花梅屋で刀を持ちだし、騒ぎを起こした事があった。武家の客と尋常なる勝負をするのだと言い、引かなかったのだ。

その時、居合わせた大工や左官が場を押さえ、下駄屋が町名主に知らせた。そして大貫屋と町名主が武家と話し、何とか事を収めたのだという。

「何と。真津屋さんは、感謝されたでしょう」

「親分、それ以来真津屋さんとは、親しくしております。ですから大丈夫ですよ」

若だんな達は頷いたものの、上手く伝えられないもどかしさを抱える事にもなった。話をした男が、達次なのかどうかは分からないが、声の主は酔ってなどいなかった。

(あの男は、本気だったと思う)

若だんなが困って黙っていると、大貫屋は百物語の前に、夕餉を取ろうと言って笑った。

すると、妖達はさっさとご馳走を食べ始め、座の皆の目は、まず新しき通町の医者、火幻へと向かう。

「火幻先生、これから通町の事をよろしくお願いします。ええ、皆は、己の命を預ける医者として、火幻先生に期待をしているのですよ」

大貫屋達五人は、火幻へぐっと顔を寄せてきた。

「ところで、こうして火幻先生とお会いしたのですから、色々お聞きしたいですな。先生は西から来られたとの事ですが、ご出身はどちらですかな？」

まず大貫屋が問えば、小辰、坂下屋、冬蔵、深山が競うように問いを重ねる。

「お国の品でも、手に入りますよ。言って頂ければ往診のおり、用意しておきましょう」

「しかし、何でまた、江戸へ来られたのかな」

「親御は、どんな生業をなさっておいでだったのですか？」

「あー、えー、その……」

火幻が助けを求め、若だんな達の顔を見てくる。しかし金次達は大貫屋の問いを、面白がっているのみだったし、若だんなは、別の悩みで手一杯であった。

死んで貰うという言葉が軽く扱われたので、不安に襲われたらしく、日限の親分が、何時にない事をしたからだ。大貫屋達が、火幻と話しているのを幸い、親分は宴席で、若だんなへ頼み事をしてきた。

「病み上がりなのに、岡っ引きのおれから縋られるなんて、うんざりな話に違いない。

おれはそもそも、若だんなへ力を貸す為に、この料理屋へ呼ばれてるのにな」

なのに、反対に縋る己は、情けなくみっともない。しかしだ、と続け、日限の親分が唇を嚙む。

「この料理屋には今日、手下一人、連れてきちゃいねえ。おれ一人だけで今晩中に、名前も顔も分からない誰かを見極め、人殺しを止められる気がしねえんだ」

だが岡っ引きがいる場で、誰かが殺されたら、たまらない。親分は、それだけは避けたいと言う。

「長崎屋の皆と、火幻先生の力を借りたい。まだ具合、悪くないよな？　若だんな、さっきの影男を捕まえる手助けをしてくれ。頼む、この通りだ」

親分から拝まれ、若だんなは目を見開いた。今日は、妖達と長崎屋の為に、帰らねばならないのだ。

（金次や屛風のぞきを、百物語で呼ばれる怪異に、会わせる訳にはいかないんです）

若だんなは百物語が終わるまで、この花梅屋にいる事は出来ない。しかしだ。

（確かに親分一人じゃ、さっきの男を突き止め、人殺しを止めさせる事は難しかろうね。でも、あの男を放っておいたら、本当に、誰かが死ぬ事になるかも）

長崎屋へ帰っても、花梅屋に残っても、とんでもない事になりかねない。若だんなは、己を見続けてくる岡っ引きに、返答をしかねる事になった。

　するとだ。ここで困った火幻が、今度は岡っ引きへ助けを求め、その腕を引っ張った。妖の力で引かれた岡っ引きは、何故だか急に大貫屋達と向き合い、話す事になった。若だんなは返答をせずに済んで、ほっと息をついた。

　ただ、安心は出来なかった。恐ろしい事に、ほっとした途端、若だんなは、ある疑いが頭に浮かんだのだ。今、親分の傍(かたわ)らに、その不安の元達がいた。

（大貫屋さん達とどら息子達は、知り合いだって言ってた。そして以前、どら息子が気に食わないことを、五人はしてる）

　ならば、こういう話も考えつくのではないかと、若だんなは隣にいた金次と屏風のぞきへ、そっと声を向けた。

「人を殺したいと言った、さっきの男。両替屋のどら息子本人かも」

　狙(ねら)っているのは、以前揉(も)めた、大貫屋達の一人かも知れない。

　いや、もしかしたら、ひょっとして。

「五人とも狙われてるとか」

　どら息子達は母屋(おもや)の二階に、今日、多くを連れてきている。彼らは、酒席の仲間ではなく、剣呑(けんのん)な連中かも知れなかった。その考えを口にすると、金次が母屋の方へ目を向ける。

「若だんなは、とても鋭いと思う」

しかしだ。

「どら息子達が、殺しをするという証(あかし)はないわな」

狙われている相手が、同じ部屋にいる五人だという確証もない。ないないづくしなのに、思いつきのまま次の手を打つのは、上手(うま)い策ではない。

「間違った道へ進んだら、本当の人殺しを逃すかもな。誰かが殺されてしまうかも知れないよぉ」

そう語る金次の顔つきが、恐い。

「けど……この百物語の席で、確証を得るのは、まず無理だよ。そしてさ、悠長(ゆうちょう)にしてると百話語り終わって、怪異が現れてしまいそうだ」

迷っていると結局、この悩みに戻ってしまう。

(金次達が怪異と会ったら、どうなるのか全く分からないから)

若だんなは、本当にめまいがしそうな気がしてきた。

(最初に考えた通り、帰るか？　それとも、親分に手を貸して、人を殺そうとしている誰かを、追うか？)

じき、日限の親分と大貫屋の話が終わる。親分は若だんなの、助力を欲しがる筈であった。しかし若だんなは未だ、どうするべきなのか思いつけずにいるのだ。

5

夕餉が終わると、それ以上話す間もなく、十人は百物語を語るため、離れに別に用意された、無灯の部屋に移った。夜の部屋内には、行灯が一つあるが、既に薄暗い。この後、百物語が始まれば、その行灯も消すことになるのだ。

「若だんなは百物語、初めてですか？」

町名主の深山から問われ、首を横に振った。

「いえ、こういう席に、出たことがあります」

今回ほど流行るのは聞かないが、百物語は以前からあるお楽しみであった。

「百物語の席には、怪異が絡む。昔から、色々起きるよな」

騒動を覚えていると屏風のぞきが言えば、金次も頷いている。

「うん、こういう会を開くんだ。五つ六つの騒ぎが起こるのは、お約束だろう」

「えっ、そういうものなんですか？」

深山が目を見開く。

「そりゃそうだよ。以前、百物語に加わった時なんか……」

「あのっ、そのっ、百物語には、流儀があるようですねっ」

若だんなが、ここで急ぎ話を逸らせた。金次の以前というと、何百年も前の事かも知れないから、話されると困る。

「やり方、細かく決まっているのではないですか？　自分がちゃんと約束事を守れるか、心許ないです」

「そういえば、以前の会では、着物の色を決められてた気がするよ」

左官の冬蔵が、座の位置と、隣の部屋へ出る襖の場所を確かめつつ笑った。

「青を着て来いって言うのさ。でもそこまでしたんじゃあ、百物語を開くのが、大変になっちまうよ」

大工の小辰も頷いている。百話語るのだから、怪談会では、数人以上集うことがほとんどだ。だが今日のように十人集まっても、一人十話は不思議な物語を、語らねばならない。同じ顔ぶれだと、同じ話を語る事も多くなって、つまらないという。

「なるだけ、多くの人に、加わって欲しいんだ。色々細かい決まりを言い出すのは、勘弁だな」

それで今回は、自分達にも声が掛かったのだろうと金次が言い、下駄屋の坂下屋が笑って頭を掻いた。

「もっとも、着物の色まで決まっている会も、青がほとんどだとか。青なら藍染めの着物が着られるから、大丈夫なんでしょう」

ただ百物語を語るのは、新月の日だと大貫屋が言った。怪異を呼ぶのだ。今日のように、表に月明かりのない、真っ暗な日が選ばれる。

「今晩の百物語の席も、そこの行灯を消せば、手の先も見えないほどの暗さです」

隣の部屋もやはり無灯で、そこを抜け、先の部屋へ入ると、百本の灯心を入れた行灯が置いてある。

怪談を語った者は、真っ暗な中、行灯のある部屋まで行って、灯心を一本引き抜き、消すのだ。それを百回やると、怪異が現れると言われていた。

余りに危うい場だからか、怪談会には刀など、刃物は持ち込まぬ決まりだ。大貫屋が最後に、一言付け足してくる。

「ああ、それから灯心を消したとき、己の顔を鏡で見てから、この部屋へもどってきてください。鏡は灯心の点いている部屋の、文机に置いてありますから」

それは決まりだというので、皆が頷く。そして花梅屋の離れでは行灯が消され、いよいよ全てが黒一面に沈むと、怪談が語られ始めた。

(ああ、私はこうなっても、まだ決心が付かないでいる)

暗くなったので、若だんなが困った顔を隠さずにいると、まずは座を仕切っている大貫屋の声が、短めの話を語る。もう縁談が決まっている娘御に、しつこくつきまとう男の話で、そういう男に出会ってしまった娘からしたら、恐ろしい話に違いない。この話では、娘は町名主から守ってもらったおかげで、難儀を切り抜けていた。

「では一本目の灯心を、消して参ります」

さすがは百物語に慣れているというか、一面、真っ暗な部屋の中でも、大貫屋の動きには危ういところがない。大して困った様子もなく足音が遠ざかり、無事灯心を一本消して戻る。次は屛風のぞきが語った。

付喪神は長年、様々な出来事を見聞きしてきている。百物語の話に困る事はなかった。

「あたしは、ビードロで出来た金魚の話を、したいと思います。ええ、最初は掌に載る大きさの、ただの置物だったんですが」

「おお、初めて聞く話です。これは楽しみだ」

深山の嬉しげな声が、聞こえてきた。屛風のぞきは、金魚を売った者から聞いたという話を、語っていく。

「そのビードロの金魚ですが、売っている店に、何と地獄の鬼が現れ、買っていったとのことです」

闇の内から更に、斬新な話だと褒める声が聞こえた。だが鬼は金魚を、三途の川に放した。

「その金魚ですが、人よりも大きくなってきてるって、噂を聞いた事があります。だから、この世に戻って来ないように、私は祈ってるんですよ」

金魚に食われたら、かなわないから。

そう話をくくると、屛風のぞきは闇に困りもせず、行灯が置かれた部屋へ向かった。ただ二つ向こうの部屋から、何故だか直ぐ、驚いたような声が聞こえてきたのだ。

(あれ？　何かあったんだろうか)

若だんなは心配したが、屛風のぞきはその後、何事もなかったかのように帰ってきた。ただ座る時、屛風のぞきは闇の中で、若だんなの手を軽く握ってきた。

(おや……やっぱり行灯部屋で、何かあったんだね。けどそれは、大貫屋さん達に話す訳には、いかないことなんだ)

若だんなは頷くと、今度は自分が三話目を語り出す。怪異が現れるのは随分先の筈なのに、この百物語の会は、早くも何かが違ってきていた。

「私は、金平糖を入れておいても、花林糖を入れても、直ぐ空になる、不思議な茶筒の話をしましょう」

菓子が消えたことに魂消、茶筒をいぶかしむ家人達の騒動を語った後、何の事はない、人の目には見えない妖、家を軋ませる鳴家が菓子を食べていたと、若だんなは話を結ぶ。すると天井が軋んだので、良い間で音がしたと、闇の内から嬉しげな声が上がった。

「灯心を消して参ります」

若だんなが闇の中で立ち上がると、闇でものが見える妖、鳴家達が、袖内から出てきた。そして若だんなの着物の裾を引っ張り、誘ってゆく。

隣の部屋も黒一面で、まずは襖を背後で閉めてから、次の襖を開ける。九十八本の灯心の火が、恐ろしい程明るく思え、若だんなは目を見張った。

「きゅい、若だんな。鳴家、おやつ欲しい」

「しいっ。鳴家、言っただろう？　百物語の間は、喋っちゃ駄目だって」

「きゅんげ、お腹空いた」

「あれま。でも、音を立てると拙いんだ。花林糖があるけど、そっと齧るんだよ」

皆がいる部屋との間に、一部屋、暗い空き部屋がある。小さな音ならば聞こえなかろうと、若だんなは袖内からおやつを取り出した。

そして鳴家達の小さな手に、一本ずつ握らせ……四本目の先に、それは大きな手が現れた時、叫び声をあげそうになった。咄嗟に口を両手で押さえ、何とか声を封じる。目を傍らに向けると、やたらと明るい部屋で、知った顔を見ることになった。

「おや若だんな。ここでは、話しちゃ駄目なのか？　だがわしも、その花林糖を食べてみたいのだが」

若だんなは頷き、眼前の手へ花林糖を置く。嬉しそうに頷いた妖は、昔、若だんなを攫った事のある大天狗、六鬼坊であった。

（そうだった。妖達だけじゃない。私にも、妖の知り合いはいたんだ）

この事が、百物語の会の面々に知れたら、大騒ぎになる。しかし、だからといって、妖から逃げるのは拙かった。

（妖達の多くが、礼儀にうるさいのは本当だ。ここで、六鬼坊殿を無視しちゃいけない）

若だんなは腹に力を込めると、信濃の山に住む大天狗に挨拶をする。

「お久しぶりです。それにしても百物語の席で、六鬼坊殿にお会いするとは驚きました」

しかもまだ、三話しか語っていないのだ。後の怪談、九十七話分は聞かなくても良いのかと問うと、山伏のような出で立ちの天狗は、何か持っているのかと、若だんなから少し身を引いた後、首を傾げる。

「わしは、若だんなの百物語を、聞きに来た訳ではない。ただ、昔から、百物語で百話目まで語られたら、我らは呼ばれる。ゆえに、何用かと顔を出してみたのだ」

昨今江戸から、怪異を呼ぶ声が、奥山へ押し寄せてきているという。

「よって我らの多くが、江戸へ集まるようになっておる」

このところ、呼び声が余りに多いので、誰がどうして天狗や狐、鬼や妖を呼んでいるのか、見に来ている妖者までいるという。

「人が怪異を呼ぶのは、妙な事だからな。悪鬼と出会えば、食われてしまうかもしれんのに。自ら襲われたい者が、この江戸にいるというのか？」

「えっ？」

若だんなは小鬼と顔を見合わせ、やはり百物語が、危うい事を引き寄せていると察した。そして自分は、佐助が持たせてくれた高僧の護符を持っているゆえ、大丈夫だと告げてから、知っている限りの事情を語り出す。

「六鬼坊殿、江戸で先にある御仁が、手違いで百物語を、最後の百話まで語ってしまったんです。そして本当に怪異が現れました」

だがその時は、一寸、鬼の姿を垣間見ただけで、会の者は誰も食われなかった。その話が自慢と共に語られたので、己も鬼を見てみたいと、百物語の席で百話語るようになっているのだ。

「きっと、怪異を呼び寄せたら危ういという事に、気がついていないのです」

大きく息を吐くと、若だんなは六鬼坊へ頭を下げる。

「六鬼坊殿まで江戸へ呼ばれた件には、この通りお詫び申し上げます。百物語を語る人達は、おそらく、大天狗である御身の姿を一目見て、一生の自慢にしたいだけなのです」

その言われようが気持ちよかったのか、六鬼坊は、笑って頷いている。

「空を飛び、団扇を操る天狗は立派だからな。人は会いたくて仕方がないのだろう。気持ちは分かるぞ。うむ、わしは怒ったりはせぬ」

ただ大天狗は、怖い事を言い出した。

「だがな、人と話すら出来ぬ怪異や、人を食らうことが好きな輩もおるのだ。気楽に怪異に会っていると、そのうち、とんだことになる」

出会った途端、怪異に食われるかもしれないと、大天狗はさらりと口にする。

「簡単に、鬼と会いたいとか言ってはならぬ。本当に悪鬼と出くわしたら、逃げだす事すら出来ぬだろうに」

それとも、一度食われてみたいのか。

うっすらと笑って言う六鬼坊を前にし、若だんなは総身を震わせる事になった。

6

暗闇の方から、百近い灯心が点(とも)っている部屋へ、悲鳴が響いてきた。

「何？　花梅屋の母屋から聞こえた？　それとも、元の部屋からか？」

若だんなは六鬼坊へ、心配ゆえ、急ぎ戻ることを告げる。すると大天狗は用がないなら帰ると言った後、幸運を祈ると、何故だか、心細くなるような言葉を口にしてから消えたのだ。

(天狗には、私には知る事も出来ないものが、何か見えてるんだろうか)

小鬼達に引っ張ってもらい、隣の、暗闇の部屋へとまずは出た。それから次の襖を開け……驚く事になった。行灯が、それは明るく点っていたからだ。百物語は一旦、止まっていた。

「どうしたんですか？　凄い声が聞こえたんですが」

大貫屋達が、若だんなへ強ばった顔を向けてくる。日限の親分が、まず口を開いた。

「若だんなを待っていた時、真っ暗だった部屋に、何かが現れたんだ」

いや、その気配がしたというべきか。しかし黒一面の部屋内では、その〝何か〟がいるかどうかを、確かめる事も出来ない。

「不安だったよ。すると若だんなの帰りが遅い事が、気になってきてな」

岡っ引きは、百物語の席を乱しても、若だんなが無事か確かめたくなり、思わず立ち上がり掛けたという。

「すると、その時だ」

何かの気配が動き、急に濃くなった。触れるほど近くに、動いている者がいた。ぞわりとした時、坂下屋が悲鳴を上げたのだという。

行灯一つの明かりの中、坂下屋が己の肩を抱きつつ、泣きそうな顔で話し出した。

「何かが膝に触ったんです。酷く小さい何かが。でも鼠じゃなかったんです。あれは一体、何だったんだ」

まさか三話語られたばかりの時に、常ならぬ事が起きるとは、思っていなかったに違いない。闇でも困らない屏風のぞきが、直ぐに火を点け、〝何か〟は姿を消したという。

(もしかしたら、護符を怖がった小鬼が、私から離れて、部屋で歩き回ってたのかしら。それとも花梅屋にいる鳴家が、長崎屋の妖を見に来たのか?)

若だんなは六鬼坊の、幸運を祈るという言葉を思い出した。障子戸に影を映した男は、今日死んで貰う事に決めたと、語っていた。

(そういえばあのとき、あの男は、化け物の事も話してなかったか?)

新月の闇の中、花梅屋に怪異達が、集ってきているのかもしれない。もう迷っていてはいけないと、火が揺れる行灯の前で、若だんなは大貫屋達へ顔を向けた。

「大貫屋さん、今日の百物語の会は、ここで終わりにしましょう」

「えっ……?」

「まだ三話しか語っていません。なのに、常にない何かが現れるのは、妙です」

そういえば屏風のぞきも、先程声を上げている。

(何でだろう、不安な思いが募ってくる。私が怖がって、百物語から逃げたって事でいい。この会を、終わらせてしまおう)

引けるうちに、引かねばならない。ようよう腹が決まり、手燭に行灯の火を移す。

「大貫屋さん、私達長崎屋の三人は、帰らせてもらいます。火幻先生は、どうなさいますか？」

「帰るっ。何かが部屋をうろついてたけど、ありゃ、小鬼じゃなかった」

「えっ？」

「あの、小鬼とは？」

大貫屋達は狼狽えたように言い、若だんなは思わず金次へ目を移した。貧乏神が頷き、さっさと立ち上がったので、若だんなは大貫屋達へ頭を下げ襖を開ける。とにかく花梅屋の母屋へと、足を向けたのだ。

だが廊下まで出ると直ぐ、首を傾げた。

「あれ？　今日は新月で暗いからって、外廊下に行灯が置いてあった筈だけど」

いつの間に、明かりを落としたのかと戸惑う。横から、屏風のぞきが囁いてきた。

「さっき部屋にいた妙な妖が、廊下の明かり、消しちまったのかね」

「この花梅屋に、名も分からない怪異が、やってきてるみたいだね」

屏風のぞきは先程、灯心で明るかった部屋の隅にも、別の影を見たと告げてくる。

若だんなは金次と目を見合わせた後、廊下を進んだ。親分も大貫屋達も部屋から出て、火幻の後ろから付いて来るのが見え、ほっとする。

（現れた怪異が、多すぎる）

母屋との境にある扉が閉じていたので、手を掛け押した。そして……若だんなは立ちすくむ事になった。

「あれ？　開かない」

「若だんな、代わろう。錠は掛かってなかった筈だよな」

金次と屏風のぞきが、力を込めて押したが、開かない。客が離れにいるのに、花梅屋が扉を閉めたとも思えず、若だんな達は扉の前で顔を見合わせた。

すると戸の反対側から、若だんな達を嘲る声が聞こえてきたのだ。

「押したって開かないよ。閂を掛けたからね」

後ろにいた大貫屋が、直ぐに扉の前へと進んでくる。眉間にくっきり皺を寄せていた。

「その声、真津屋の達次さんですな。前にもこの花梅屋で騒いで、ご両親から叱られたでしょうに。また馬鹿をしたんですか」

達次には弟がいるから、無茶を繰り返すと、若隠居になりますよと大貫屋が告げる。途端、扉の向こうの声が尖った。

「米屋が、偉そうな事を言うな。お前さん達の口出しに、うんざりしたんだよ、我らは」

だから今日は先の件の、意趣返しをする事にしたと、若い声が言う。金と若さと、親の強い立場が、達次達を突っ走らせているようであった。

「知ってるぞ、大貫屋達は今日、この店に百物語をやりに来たんだ。凡庸だよね。皆がやってる流行りごとを、得意げにやるなんてさ」

しかも、並ならば九十九話で話を切り上げ、怪異には会わないよう気を配るところなのに、わざわざ百話目まで語って、妙な者達と会う趣向らしい。

「鬼に会ったと自慢したいって言うんだから、阿呆だ。見たと言ってる奴だって、真っ暗になった部屋に怯えて、鬼を見たような気になってるだけなのに」

だから達次達は、大貫屋達のお楽しみを、ちょいと邪魔してやる事にしたのだ。

「我らは、あんた達が百物語をやる花梅屋へ、山伏を何人も呼んだ。そして怪異を呼ぶ呪法を、あれこれやって貰ってる」

こうすれば大貫屋達が必死に、百話も不思議なる話を語ることが、無駄になる。万に一つ怪異が現れたとしても、それが大貫屋達に呼ばれて来た者かどうか、分からなくなるのだ。

「多分、誰も大貫屋が凄いとは、言っちゃくれまいて。ああ、愉快だね」

すると達次のいる方から別の声が、憎々しげに語った。大貫屋達のせいで、親から出る金が嫌になるほど減ったと、声の主は語る。

「偉そうな大貫屋達が好きなのが、怪異とはね。そんなに好きなら、いっそ怪異に出会って、食われちまったらいいのに」

殺されても本望だろうという、その声を聞き、若だんな達は顔を見合わせた。

「あ……今日、外廊下から聞こえた声だ」

障子戸の外から、誰ぞに死んで貰うと話していた、剣呑な男だ。達次の友の一人であれば、同じような年で、生まれで、裕福な家の者なのだろう。人から、羨ましがられる暮らしをしているわけだ。

横で屏風のぞきが、口を尖らせる。

「なのに、また騒ぎを起こして、またまた親に、迷惑を掛けるってわけだ。気合いが入った阿呆だな」

若者は、達次から和助と呼ばれた後、扉を挟んで嫌な言い方をしてきた。

「我らが呼んだ山伏は、呪詛が得意なんだ。よって今日は多分、大貫屋達の部屋に、怪異が現れる事と思う」

なのに早々に、大貫屋達が花梅屋から離れてしまっては、怪異を呼んだ、かいがないではないか。だから、あっさり帰宅などさせないため、母屋との間にあるこの扉を閉めたというのだ。

「大貫屋は、鬼の相手をすれば良いんだ。だってさ、怪異達と会うために、百話も不可思議を、語る気だったんだろう。なら、これから会わなきゃ」

もっとも、鬼と本当に鉢合わせてしまえば、食われて、あの世行きになるかも知れないがと、和助はためらいもせず言葉を続ける。

「ははは、そんな目に遭いたいなんて、大貫屋達は変わり者だ。だがまあ、怪異はお前さん達が、来るよう望んだものなんだ。だから、食われても仕方がないさ」

若だんなや屛風のぞき達は、怪異らが現れてきた事情を、得心する事になった。

（そういえば六鬼坊殿は、多くの怪異達が、江戸へ呼ばれていると言っていた）

その不思議の訳を知るため、山伏が呼んだ怪異以外にも、更に多くの怪異が、江戸へ来ているとも天狗は語った。それで二話目を語った屛風のぞきまでが、行灯部屋で、早々に怪異を見かけたのだ。

（これは拙いよ）

若だんなは、手を握りしめた。達次や和助達の、暢気（のんき）さが拙いと思った。眼前に見える扉一つ隔てていれば、自分達は、大貫屋達から離れていられる。だから怪異の騒ぎから無縁でいられる筈と、信じ込んでいる事が怖い。

（こんな扉一つ、妖達にとっては、気にする程の物でもないのに）

小鬼達でも、簡単に越えてゆくだろう。扉が邪魔なら、一撃で壊せる妖とて、多いに違いなかった。離れの影内から、花梅屋の母屋へ行くのも簡単だ。だから。

だから、その……。

この時総身に、ぞわりとしたものが走り、若だんなは扉を見つつ、目を見張った。

（いる……）

若だんな達がいる方ではなく、扉の向こう側に、何かが現れている気がした。そしてそれは、百物語の席に現れては困ると、長崎屋の皆と話していたような、馴染みの誰かではなかった。

（礼儀を失してはいけない妖達は、確かにいる。けれど挨拶しなきゃいけない妖は、ありがたい妖なのかもしれない）

何故なら、挨拶が出来るということは、話が出来る相手だということだ。言葉を理解し、言い合える者なら、救いがある。けれど。

（言葉も交わせない程、危うい何かが、いる）

側にいる屛風のぞきと金次が、体に力を込めたのが分かった。いざとなったら若だんなを抱え、廊下から庭へ逃げだす気かも知れないと思う。

今、扉を挟んだ両側が、そういう危うい場になっていると分かった。

(拙い。戸の向こうに現れた何かと、話が出来る気がしない)

この場に居ることが、恐くなった。大貫屋達は、事情は摑めないものの、おののいて、不安げな顔になっている。

そんな中で、お気楽にも若者達の声が、何時までも止まらずに聞こえてくるのだ。

若だんなにはそれが震える程、危ういものに思えた。

7

ぎゃーっという、もの凄い悲鳴が、花梅屋の庭に響き渡る。

大貫屋達は廊下にうずくまり、向こう側が見えない扉を、恐ろしげに見つめた。若だんなは今日耳にした、恐ろしい言葉を思い出していた。

〝今日、死んで貰う事に決めたよ。怪異が現れるからね。あいつらは化け物に、あの世へ連れて行かれりゃいいんだ〟

「きゅんげっ」

小鬼達が、袖内で身を固くしたから、余程恐いに違いない。一体、何が現れたのか分からなかったが、町のど真ん中にある料理屋で、怪異が暴れるなど、とんでもないことであった。

もし……もしも誰かが本当に食われて亡くなったら、この後、広徳寺の僧寛朝などに、妖狩りなどの依頼があっても驚かない。

扉の向こうにいるのは、大貫屋達が食われてしまえばいいと言い切り、山伏に呪詛までさせた者達だ。正直に言えば、そういう者達の為、若だんなが無茶をしたら、兄や達が顔色を変えかねない。だが。

（誰かが襲われたのか？　このままだと長崎屋の妖達が、暮らし辛くなるかもしれない）

山伏達を連れてきているというなら、その者らに怪異を、抑えさせる事は出来ないものか。呼びにゆく手立てを考えた時、若だんなは更に、顔を引きつらせる事になった。

もう一回、悲鳴が上がったと思ったら、庭の先を駆け逃げてゆく、大天狗のような姿の者達を目にしたからだ。

「あ、山伏達が逃げた」

屛風のぞきが、呆れた声を出した途端、目の前の扉が、反対側から打ち破られる。木っ端が派手に飛び散った。

「ひえええっ、出たっ」

大貫屋達が、頭の天辺から出したような声で叫び、廊下から離れへ駆け戻って行く。親分までが一緒で、火幻がそれに、呆れた目を向けていた。

「おいおい、今日は百物語を語る席なんだろ？　しかも百話まで語って、怪異をわざわざ呼ぶ気だったんだろうが。何で怪しい者から逃げるんだ？」

しかしその声を、扉の向こうに見えた者の悲鳴が、かき消す。現れたのは、総身が毛に覆われた何かで、腕と足はあった。そしてその手は、若い男を掴み、引きずっていたのだ。

「ひえええっ」

もっとも男は、既に気を失っている様子で、顔も上げない。悲鳴を上げ続けているのは、少し後ろにいる、もう一人であった。

「おや、騒いでるのは、どっちの阿呆なんだろうね」

こんな場で、正体も知れない何かを前にしても、貧乏神金次は落ち着いた顔で言う。毛だらけの姿は、その声に引かれたかのように、若だんな達の方へ、一歩寄ってきたように思えた。

だが。

「あれ？」

若だんなが戸惑ったのは、怪異がその後、若だんなを避けたかのように見えたからだ。

(どういう事だろう)

金次を避けたのかとも思ったが、貧乏神も不思議そうな顔になっている。怪異は若者を引きずりつつ、そのまま離れの方へゆるゆると進み始めた。

(何で私を、無視するのかしら)

扉の所から逃げて行った若者の悲鳴が、遠ざかってゆく。怪異はただ、若だんなからそっと離れて行くのだ。

(何でだろう。答えが分かったら、この場を何とか出来るのかしら)

「きゅいーっ、怖いっ」

若だんなの袖内で、鳴家達が身を縮め、様々な言葉で鳴き始めた。

その時だ。怯える鳴家達を見た若だんなは、忘れていた件を思い出した。わざわざ用意してきたのに、いざ当の怪異と出くわすと、一寸頭から吹っ飛んでいたのだ。

「そうだった。兄や達がせっかく、持たせてくれていたのに」

そう言った途端、妖ゆえ、いつでも影内へ逃げ込める屛風のぞきと金次が、にやりと笑みを浮かべる。屛風のぞきなど、さっさと若だんなの袖内へ手を入れ、小鬼達をつかみ出した。

「おや、屛風のぞきさん、何をしてるんだい？　小鬼達が怒ってるぞ」

火幻が一人、事情を摑めず、戸惑って問うてくる。金次は周りを確かめ、大貫屋達や親分が離れへ逃げたのは、事を終わらせるには、丁度良かったと言ってくる。

ここで若だんなは、懐（ふところ）から護符を取り出した。妖退治で有名な高僧、寛朝の直筆で、今までにも役に立ってくれたものだ。

「小鬼や、これをしっかり持っててね」

「きょんげーっ、無理っ」

若だんなは小鬼ごと、護符を投げる構えを取った。若者を引きずって歩く怪異は、まだ見える所にいる。若だんなでも、小鬼を投げる事ができそうであった。

「あの怪異の所まで飛んだら、護符をべたって貼（は）っておくれ」

それでおそらく、あの怪異は止まる。先程、若だんなを避けたのは、寛朝の護符を嫌がったからに違いなかった。

「お金が大好きな寛朝様は、それでも高僧だ」

金次が笑い、まだ会った事のない医者火幻が、片眉を引き上げている。

「きゅい、若だんな、小鬼は飛べないっ」

声を上げた時、小鬼達は飛んでいた。若だんなだけでなく、屏風のぞきも投げ、何匹かが料理屋の宙を舞う。

「きょんべーっ、びゃーっ」

一匹は、間違う事なく怪異へぶつかり、護符を貼り付けた。きょんぎゃーっと大声を上げ、護符から怪異にぶつかった者もいた。落ちた所へ護符が貼りつき、妖が入り込める影が塞がる。

するとだ。

「えっ？……消えた？」

怪異の姿が揺らいだと思ったら、それは幻であったかのように、廊下から姿を消していったのだ。引きずられていた若者が廊下に転がり、身を打ち付けた途端、声を上げる。

「おや、目を覚ましたかね」

すると花梅屋のあちこちから、奇怪な声が重なって聞こえてきた。方々から聞こえたと思ったら、そこに大貫屋達の悲鳴が続き、呆然としている間に、若者がまた気を失った。

「まだ、消えていない怪異もいるみたいだ」

若だんなは思い切って、護符を何枚か空へと投げ上げてみる。すると護符は、何かに巻き上げられ、一旦高く上がると、ぱっと、大きく光った。その後、花梅屋のあちこちへとゆっくり消えていったのだ。

夜の闇が寸の間、地の底から光ったかのように思えた。途端、人の物とも思えない鳴き声が響き、不思議な程ゆっくりと消えていった。

「これで……何とかなったのか？」

じきに辺りはまた、闇へと戻って行った。静まって、当たり前の夜になっていくのが、何故だか奇妙に感じられた。

金次が、若だんなの傍らで気を失っている若者を見下ろし、口元を歪めて笑っている。小鬼達は若だんなの所へ戻ってくる途中、小さな足で腹立たしげに、転がっている若者の体を、何度も踏んづけていた。妖達は闇の内でも見えるから、狙いを外しはしない。

暫くしてから、どうやらこの夜の騒ぎは終わったと分かったのか、火幻が呆然とした顔を、若だんなへ向けてくる。そして、何と言ったら良いのか分からない様子で、何度か首を傾げた後、先程消えた怪異は、何者であったのだろうと、若だんなへ問うたのだ。

「さあ。仁吉に聞いたら、分かるのかな」

若だんなの兄やの本性は、万物を知ると言われている、白沢(はくたく)であった。だが、しかし。

「若だんな、そんな事を聞いたら、何があったのかと聞かれる。正直に話したら、恐ろしく心配されて、十日くらいは、離れで寝ている事になるよ」

金次が言い、声を出さずに笑っている。するとそこで火幻が、若だんなの額に手を当て、一つ首を傾げた。それから、どうも熱が出て来た様子だから、仁吉に布団(ふとん)へ放り込まれても、余り変わらなかろうと言ったのだ。

「この後、寝込むと分かるのか。火幻先生、やっぱり名医だね」

屏風のぞきが、花梅屋の壊れた扉の側で、深く頷いた。若だんなは、溜息(ためいき)をつきながら、暗い空を見上げる事になった。

江戸に怪異が現れたと、また噂になった。しかしその後、江戸では何故だか、百物語の流行が急に収まる事になった。

料理屋花梅屋では、百物語を語るのは禁止になったと、噂が聞こえてくる。

壊れた扉の修理代は、両替屋が出したと、長崎屋の離れへ、日限の親分が伝えてきた。

親分はあの日以来、酷く妖が怖くなってしまったらしい。この先、怪しの者とは二度と会いたくないと、屏風のぞきに愚痴を聞いて貰っていた。

一方、怪異を見たどら息子らは、すっかり臆病になり、表へ出て来なくなった。ただ、怪異を呼んだ当人はどら息子達だろうと、六鬼坊が時々会いに行っているので、ずっと恐がり続けているらしい。

若だんなはやはり熱を出し、布団の中に押し込まれた。薬湯を大人しく飲むと、花梅屋に現れた怪異は、苧うにか、毛羽毛現という妖だろうと、仁吉が教えてくれる。

薬湯を作ったのは火幻で、小鬼達はすっかり慣れ、着物の袖などに入り、何か美味しい物が入っていないか、探している。慣れてきたのか、妖医者は若だんなを診つつ、あれこれ語ってきた。

「若だんな、おれは江戸に落ち着いた事など、今までなかったが。色々あって、楽しげな所だねえ」

人ならぬ者には生きやすそうだと、妖医者は笑った。

「暫くこの地に、落ち着く事にしたよ。つまり、若だんなが生きている間くらい、江戸に居ると思うんだ」

だからよろしくなと、火幻は言ってきたのだ。若だんなは笑って頷いたが、火幻の作る薬湯が、仁吉の作る薬と同じくらい苦いのは、何とかならないかと口にしてみた。

「そうかい？　仁吉さんは、薬が薄すぎるのではと言ってたよ」

火幻の返事は、怪異よりも恐ろしいものに聞こえた。

解　説――世代を、そして世の境を越えて

南沢奈央

まずは、親孝行させてもらえることに感謝したい。まさに今、仕事を続けてきて、本を好きでいて良かった、と思える瞬間だ。

少しだけ、母の話をさせていただきたい。わたしの母は読書が好きで、新旧問わず、さまざまなジャンルの小説を読んでいる。「今何の本を読んでいるの？」と聞くと、必ず答えが返ってくる。常に何かしらの本を読んでいるのだ。

早寝早起きの母は、毎晩9時には布団に入る。「おやすみ」と言えていないなと思い、部屋を覗くと、大抵本を読んでいる。傍らに猫を抱えて。足元や枕元など、それぞれの落ち着く場所にも猫がいる。いつも、夜に母が部屋に行くと、4匹の猫たちはぞろぞろとついてくるのだ。本を読んでいる母の周りに集まる猫たち。まるで読み聞かせをしているかのよう。わたしはその様子が好きで、実家に帰ったときにはその時間にあえて母の部屋を見に行くのがお約束だ。ふふふ、おやすみ。

普段も必ず本を持って出かけている。ちょっとでも移動や待ち時間があれば本を開く。あまり本を読まない人がよく、〝読む時間がない〟と言っているのを聞くが、電車の一駅二駅の間に1ページだけでも読み進めようとする母を見ていると、読みたい気持ちさえあれば、一日1ページずつでも読めるはずと思ってしまう。この間は、二泊の旅に2冊の単行本(文庫本にすればいいものを、シンプルに読みたい本を選んできた)を持ってきた。帰りには、荷物が増えるからとお土産を買うのを躊躇(ちゅうちょ)していたくらいなのに、本はまったくの別枠らしい。そのくらいの本の虫だ。

性格も顔も父に似ていると言われることが多いわたしだが、本を読む習慣がついたのは母のおかげだと思う。こうしてわたしが本にまつわる仕事もさせてもらうようになると、わたしから「この本面白いよ」と薦めることが増えた。「面白そうだからぜひ先に読んで感想を聞かせて!」ということもままある。それを楽しみにしてくれているようで、実家に帰るときには何かしら本を持っていくようにしている。

基本的には小説だったら何でも読んでくれる。ミステリ、純文学、恋愛小説、SF、ホラー、海外もの——選(よ)り好みしている様子はない。

だからある時、「本当は、どんな小説が好きなの?」と訊(き)いたことがある。すると即答されたのだ。

「妖怪が出てくる話!」

二言目には「しゃばけ」の名前が挙がる。時代小説やファンタジーといったジャンルではなく、「しゃばけ」シリーズのことをピンポイントで指していた。

そのように母をきっかけにわたしも出会うことになった「しゃばけ」シリーズだが、2001年の『しゃばけ』から始まって、なんと今作『こいごころ』は第21弾となる。他にも、シリーズのガイドブック『新・しゃばけ読本』や豪華漫画家陣によるコミック・アンソロジー、絵本『みぃつけた』などの展開も多い。そして、ドラマ、舞台、アニメ(実はこの文庫の発売と同時に、アニメ化決定が発表される予定!)と、ここまで多方面に派生している作品も珍しいのではないか。ホームページも充実しているし、鳴家(やなり)による公式インスタグラムでも随時最新情報を更新してくれるので要チェックだ。言わずもがな、大人気シリーズである。

今やわたしもファンの一人だが、もう何年も前、最初に母から、いろんな妖(あやかし)が出てくると聞いたとき、正直、「こわい。不気味そう」と思ってしまっていた。「しゃばけ」シリーズを楽しんでいらっしゃる読者のみなさんは、何をばかなことを、と思われるかもしれないが、妖のイメージとはそういったものだった。異常な力を持って奇怪な現象を起こし、人間を怖がらせたり、害を与えたりするような存在。見た目もこわそう。妖ではないが、口裂け女とか、人面魚のような類もちょっと苦手なのだ。夢に出てきたら嫌だなと思ってしまうような。

それがまず本を手に取って、表紙や挿画に描かれている妖たちの可愛さに頬が緩んだ。絵師・柴田ゆうさんの完全手描きだという装画・挿画は、どれも本当に素敵。色塗りは色鉛筆によるもので、絵に柔らかさがあり、とてもあたたかい気持ちになる。表情も豊かな妖たちはとても魅力的だった。イメージしていた不気味さは一ミリもない。

そういえば、わたしは落語が好きなのだが、特に落語ならではの世界が味わえて好きな噺が、子狸が恩返しに来る「たぬき（狸札・狸の鯉）」や「狸賽」、死神が出てくる「死神」、大天狗が登場する「天狗裁き」のような、この世ならざる者が出てくるもの。映像など実写にしたらリアリティが薄れてしまうことが、観客の想像に委ねる話芸では成立するからだ。それは小説でも同様のことが言える。どうやらわたしも、妖好きの素質はあったようだ。

そして物語の中に入ってみると、ここでももちろん不気味さはない。若だんなの周りにいる妖たちはみな、真面目で素直。そしてチャーミング。甘い物好きで、饅頭、羊羹、団子、金平糖とさまざまな甘味を嬉しそうに食べる姿は微笑ましい。若だんなが寝る時には、一緒に布団に入って寝て、撫でると「きゅいきゅい」と可愛い声を上げる鳴家にはとにかく癒される。長崎屋の手代として働く、白沢の仁吉と犬神の佐助がときどき厳しいのはさておき、本当に頼もしい。

若だんなの為ならばと動く妖たちは、事件解決の手助けをしてくれるだけではなく、今回冒頭の「おくりもの」では、若だんなが頭を悩ませていた贈り物について妖たちに相談すると、それぞれ〝欲しいもの〟を話す。個性豊かな妖たちからは、思いがけない色んな意見が出てきて楽しい。やがて物ではない〝望み〟といった話になっていき、なかなか深い考えに至る。

「せいぞろい」では、若だんなの誕生日を祝う会を開こうと一生懸命になっている様子も見られた。「母屋の宴より、妖が開く離れの宴の方が、楽しかったと言われるようにしたいです」と言って、妖たちがあれやこれやと頭をひねって準備をしていく。若だんなへの愛を感じる。実際は、自分たちが好きに飲み食いしたいという下心も見え隠れしていて、憎めない。

若だんなを長く診ていた医者が隠居することになり、跡目探しをする「遠方より来たる」では、若だんなの命に、さらに言えば長崎屋のある通町の今後に関わることだからと、妖たちは目を光らせる。誰がふさわしいのか。ここで新たに妖仲間が一人増えるのも、シリーズで読んでいる者としてわくわくする。

若だんなに対してだけではなく、妖同士で気を配る優しさが垣間見えた「妖百物語」も良かった。怪談を百話語ったら怪異が現れる噂が流れ、そういったことをする百物語の会が流行っている時期に、若だんなと火前坊の火幻、貧乏神の金次、屏風のぞきの風野も参加することに。でも本当に怪異、つまり妖が出てきてしまったら、これまで人の姿でやり過ごしてきた妖三方は都合が悪い。周りの人にバレてしまう。だからといって、たとえば鬼ヶ島の鬼が現れたとして、挨拶を無視することもできないと、頭を悩ませる。仕打ちが怖いのではなく、こう言うのだ。「鬼ヶ島の鬼は、気の優しい奴らだ。冷たい応対をされたら、酷く傷つくだろうしな」と。なんて優しい理由だろうか。

優しさに満ち満ちてぐっと来たといえば、表題作「こいごころ」。「しゃばけ」シリーズにまた新たな名作の誕生である。

物語は、若だんなが今日〝も〟熱を出して離れで寝てばかりいたから、夜中に眠れなくなり困っているところから始まる。すると、闇の中から自分を呼ぶ声が聞こえる。

一つは落ち着いた太く低い男の声、もう一つは何やらかわいい声。「こん、こん」。正体は、夢の内に現れた妖狐。修行の末に神力を獲得した別格の狐である〝狐仙〟の老々丸と、弟子の笹丸だと名乗る。若だんなに頼みがあって会いに来たのだという。妖には人のような寿命はないが、己の力が尽きかけていて、術もろくに使えなくなってきている。実は笹丸の妖の力が尽きかけていて、やがてこの世から消えてしまう。だから、この笹丸を助けてほしいと言うのだ。

その頼みを受けて、若だんなは悩む。迷い、あれやこれやと考えを巡らせるその様子に、若だんなの人柄がよく表れている。

（老々丸さんの頼みごとを断るのは、難しいと思う。助けて下さいという言葉を無視したら、きっと後悔するね）

でも。（熱を出しているのに、起き出して動いたら、兄や達に、もの凄く叱られそうだ）

心配をして世話をしてくれている兄や達のことを思い浮かべる。これ以上、看病してくれている妖たちに心配はかけられない。無理をしたら、笹丸じゃなくて自分があの世に行きかねないとすら考える。

だが。（だから……うん、無茶をしよう）と、腹をくるのである。さらに、妖たちの力を借りたいところだが、そうすると兄や達にバレたときに妖たちが責められてしまう。(妖達をそんな目に、遭わせたくないよね)と迷う。

自分の身はさておき、助けを求めてきた者、自分のことに巻き込んでしまう妖たちのことを思うのである。若だんなの生まれ持っての正義感というか優しさというか、思いやりがすごい。「やれ……若だんなは、相手が妖と分かってて、頭を下げる事が出来るお人なんだよね」と夢を食べる獏の場久(ばきゅう)がつぶやく場面があるが、若だんなの真っすぐさがあるからこそ、周りには〝若だんなの為ならば〟という妖たちが多く集まるのであろう。

そして実は笹丸も、そんな若だんなに魅せられた妖のうちの一人であったことが明らかになる。また会いたい。そう願っていたから、今ここにいるのだと。そうして、若だんなだけではなく、妖たちがみな笹丸のために一生懸命になっていくのである——。切なく悲しくもあるけれど、それよりも、あたたかな優しさに胸を打たれ、涙が溢(あふ)れた。

「しゃばけ」とは、俗世間における、名誉や利得などの様々な欲望にとらわれる心。

こうして見ていくと、「しゃばけ」シリーズのメインの登場人物&妖は、このしゃばけとは無縁な者ばかり。だからこそ、読者までしゃばけから解放されるかのようだ。

読めば読むほど、純粋な気持ちが思い出される。

ふと、思いを馳せる。あぁわたしもいつか子供ができて、その子が本を読むようになったら……。

こうして世代をわたって、もしかしたらこの世とあの世を越えて、この先も愛され続けていくのだろう。


（二〇二四年十月、俳優）

この作品は二〇二二年七月新潮社より刊行された。

畠中恵著
しゃばけ
日本ファンタジーノベル大賞優秀賞受賞

大店の若だんな一太郎は、めっぽう体が弱い。なのに猟奇事件に巻き込まれ、仲間の妖怪と解決に乗り出すことに。大江戸人情捕物帖。

畠中恵著
ぬしさまへ

毒饅頭に泣く布団。おまけに手代の仁吉に恋人だって？　病弱若だんな一太郎の周りは妖怪がいっぱい。ついでに難事件もめいっぱい。

畠中恵著
ねこのばば

あの一太郎が、お代わりだって?!　福の神のお陰か、それとも…。病弱若だんなと妖怪たちの「しゃばけ」シリーズ第三弾、全五篇。

畠中恵著
おまけのこ

孤独な妖怪の哀しみ（「こわい」）、滑稽な厚化粧をやめられない娘心（「畳紙」）……。シリーズ第4弾は〝じっくりしみじみ〟全5編。

畠中恵著
うそうそ

え、あの病弱な若だんなが旅に出た!?　だが案の定、行く先々で不思議な災難に巻き込まれてしまい――。大人気シリーズ待望の長編。

畠中恵著
ちんぷんかん

長崎屋の火事で煙を吸った若だんな。気づけばそこは三途の川!?　兄・松之助の縁談や若き日の母の恋など、脇役も大活躍の全五編。

畠中恵著 たぶんねこ

大店の跡取り息子たちと、仕事の稼ぎを競うことになった若だんなだが……。一太郎と妖たちの成長がまぶしいシリーズ第12弾。

畠中恵著 すえずえ

若だんなのお嫁さんは誰に？　そんな中、仁吉と佐助はある決断を迫られる。一太郎と妖たちの未来が開ける、シリーズ第13弾。

畠中恵著 なりたい

若だんな、実は○○になりたかった!?　変わることを強く願う者たちが巻き起こす五つの騒動を描いた、大人気シリーズ第14弾。

畠中恵著 おおあたり

跡取りとして仕事をしたいのに病で叶わぬ一太郎は、不思議な薬を飲む。仁吉佐助の小僧時代の物語など五話を収録、めでたき第15弾。

畠中恵著 とるとだす

藤兵衛が倒れてしまい長崎屋の皆は大慌て！父の命を救うべく奮闘する若だんなに不思議な出来事が次々襲いかかる。シリーズ第16弾。

畠中恵作
柴田ゆう絵 新・しゃばけ読本

物語や登場人物解説などシリーズのすべてがわかる豪華ガイドブック。絵本『みぃつけた』も特別収録！『しゃばけ読本』増補改訂版。

こいごころ

新潮文庫　は－37－23

令和六年十二月一日発行

著者　畠中恵

発行者　佐藤隆信

発行所　株式会社新潮社

郵便番号　一六二―八七一一
東京都新宿区矢来町七一
電話　編集部(〇三)三二六六―五四四〇
　　　読者係(〇三)三二六六―五一一一
https://www.shinchosha.co.jp

価格はカバーに表示してあります。

乱丁・落丁本は、ご面倒ですが小社読者係宛ご送付ください。送料小社負担にてお取替えいたします。

印刷・大日本印刷株式会社　製本・加藤製本株式会社

ISBN978-4-10-146143-4 C0193